# 작가 소개

## 아밀

소설가이자 영미문학 번역가. 단편소설 「반드시 만화가만을 원해라」로 대산 청소년 문학상 동상을 수상했으며, 단편소설 「로드킬」로 2018년 SF어워드 중·단편소설 부문 우수상을, 중편소설 「라비」로 2020년 SF어워드 중·단편소설 부문 대상을 수상했다. 소설집 『로드킬』, 장편소설 『너라는 이름의 숲』, 산문집 『생강빵과 진저브레드』, 『사랑, 편지』 등을 썼으며, 『프랑키스슈타인』, 『인센디어리스』, 『그날 저녁의 불편함』, 『끝내주는 괴물들』, 『조반니의 방』 등을 우리말로 옮겼다. 우울했던 사춘기 시절 어두운 현실을 벗어날 수단으로 탐미의 길을 선택했고, 그 이후로 유미주의자를 자처할 만큼 아름다움을 사랑해왔다. 늘 아름다운 글을 쓰기 위해 노력하고 있으며 「아름다움에 관한 모든 것」은 그 노력의 일환이다.

## 김종일

2004년 『몸』으로 제3회 황금드래곤문학상 대상을 수상하며 데뷔했다.

장편소설 『손톱』, 『삼악도』, 『마녀의 소녀』를 출간했고, 『한국 공포 문학 단편선』 시리즈, 『과학액션 융합스토리 단편선』 시리즈 등 다양한 단편선에 참여했으며 윤태호 원작 웹툰 「이끼」를 소설화했다. 네이버 웹소설에 『마녀, 소녀』와 『나만의 스킨십 능력자들』을 정식 연재하기도 했다.

유년 시절의 결핍을 공상과 영화 감상으로 채워 온 덕에 "작가님 소설은 읽다 보면 이야기가 영상처럼 눈앞에 생생하게 그려집니다."라는 감상평을 곧잘 듣는다. 그 때문인지 『몸』, 『손톱』, 『마녀의 소녀』를 비롯해 여러 단편소설도 영상화 판권 계약을 맺었다. 읽기 전과 후의 세상이 달라지는 이야기를 독자에게 전하겠다는 각오로 『잠들면 눈뜬다』, 『사랑하지 않으면 죽는 방법』, 『오직 당신만의 무비트럭』 등의 신작을 쓰는 중이다.

매드앤미러 01

# MADANDMIRROR

배우자의 죽음에 관하여

TXTY

행복한 신혼,

죽음에서 돌아온 남편이

문득 낯설게 느껴진다.

# 목차

아름다움에 관한 모든 것 ···································· 7

해마 ··························································· 101

작가 7문 7답 ··············································· 257

아름다움에 관한 모든 것

아밀

　오늘은 행복한 날이다. 내가 결혼한 날.

　신부인 나는 새빨간 빈티지 비비안웨스트우드 타탄체크 드레스를 입고 검은 베일에 월계수 모양의 관을 쓰고 운동화를 신었다. 신랑은 장딴지까지 찢어진 청바지에 더블린 작가 박물관 기념품점에서 파는 옛 아일랜드 작가들의 초상이 프린트된 티셔츠를 입고, 밑자락이 진짜 제비 꼬리 모양으로 된 오버핏 연미복 재킷을 걸쳤다. 행진곡으로 흘러나오는 밴드 더 큐어의 <플레인송>에 맞춰 우리는 짧은 통로를 걸었다. 하객 아홉 명이 아흔아홉 명의 갈채를 방불케 할 만큼 요란하게 손뼉을 쳐 우리의 결혼을 축하해 주었다. 소중한 친구들. 그들도 모두 한국의 평범한 결혼식 하객들과는 다른 복색을 하고 있었다. 장례식에나 어울릴 법한 시커먼 고스 패션, 내 드레스보다 훨씬 많은 레이스가 달린 로리타 드레스, 가슴골이 드러나는 과감한 슬립 드레스, 사극에 나오는 선비가 입을 법한 청자색 두루마기, 그냥 편안한 맨투맨에 면바지와 컨버스 스니커즈……. 저마다 다르고, 달라서 멋진 친구들 앞에서 우리는 마주 섰다. 그리고 오랫동안 키스했다.

"축하해, 은진아!"

"축하해, 동우야!"

친구들의 환호성과 휘파람이 폭죽처럼 쏟아졌다. 동우가 내 어깨를 잡은 채 씩 웃었다. 나도 그를 마주 보며 웃었다. 이상하게 동우의 얼굴이 내 시야에 잘 들어오지 않았다. 너무 가깝기 때문일까. 실감이 잘 나지 않기 때문일까. 내 마음은 동우보다는 이 결혼식이 벌어지고 있는 장소 전체를 향하는 것 같았다.

이곳은 서울 망원동에 있는 우리 커플의 단골 바였다. 오늘 결혼을 위해 우리는 이곳을 대관했고 사장인 상원은 간단한 칵테일과 감자튀김, 과일, 야채 스틱 같은 비건 간식들을 준비했다. 음식이 비건이어야 하는 건 당연했다. 우리 부부는 완벽하지는 못해도 비건을 지향하는 사람들이니까. 우리는 동물권을 옹호하고 육식 산업이 배출하는 막대한 탄소를 지양하는 사람들이니까. 그 외에도 우리가 가진 신념들이 이 결혼식에 구현되어 있었다. 벽에는 청소년 인권 단체 포스터, 퀴어 문화 축제 포스터, 반(反)성폭력 포럼 포스터, 난민 보호 모금 운동 포스터 등이 빼곡히 붙어 있었다. 우리는 그 포스터들이야말로 가장 멋진 실내 장식이라고 생각했다. 그렇다. 꽃, 풍선,

금박 은박이 뭐가 중요한가? 남들 다 입는 순백의 웨딩드레스, 검은 수트가 뭐가 아름다운가? 한국의 예식 산업이 정해 놓은 방법대로 하는 공장식 결혼, 평소에 얼굴 한 번 보기도 힘들고 뭐라고 불러야 할지도 모르는 일가친척으로 이루어진 하객들, 관습적인 주례와 서약과 축가, 그런 것들이 무슨 의미가 있나? 의미 없다. 아름답지도 않다. 적어도 아름다움에 대해서라면 나는 논평할 자격이 있다. 나는 미학자이니까.

내 결혼이 아름답기를. 내가 믿는 아름다움 속에서 내가 사랑하는 사람과 평생을 약속할 수 있기를. 나는 바라고 또 바랐다. 그 바람이 실현되는 순간을 사람들 앞에 내보일 수 있어서 기뻤다. 비록 부모님은 이 자리에 없었지만, 친구들이 있었다.

친구들만 있는 것은 아니었지만.

"미안해, 나는 먼저 가 봐야 할 것 같아. 집에 일이 있어서……."

식이 끝나고 다 같이 큰 테이블에 둘러앉아 술을 마시려던 차에 금진 언니가 나를 붙잡고 말했다. 그래, 이럴 줄 알았다. 언니는 이 자리에 전혀 어울리지 않는 사람이었다. 본인도 그 사실을 잘 아는 듯 처음부터 내내 가시방석인 표정으로 앉아 있었다. 그래도 그렇지, 집에 일이 있어서 가야겠다니. 핑계라도 좀 성의 있게 대지.

불만스러웠지만 그래도 내색하지는 않았다. 오늘 나는

행복해야 할 신부이니까.

"그래? 아쉽다. 더 있다 가지."

"그러게요. 여기 상원 씨가 칵테일 맛있게 해 주는데요."

옆에서 동우가 한마디 보탰다.

"저도 아쉽네요. 다음 기회가 있겠죠."

그렇게 말하는 언니의 입꼬리가 매끄러운 곡선을 그렸다. 머리카락을 귀 뒤로 넘기는 손끝에서 화이트 플로럴 계열 향수 냄새가 피어올랐다. 완벽한 C컬로 구부러진 언니의 머리카락은 연한 갈색으로 염색되어 있었고, 진한 벽돌색 셋업은 언니의 여성적인 몸매를 강조했다. 언니는 내가 흰 드레스를 입지 않으리라는 것을 알면서도, 그러니까 하객이 신부보다 화사한 옷을 입어서는 안 된다는 한국 결혼식의 예절을 여기서는 지키지 않아도 된다는 것을 알면서도 이런 옷을 입고 왔다. 이런 행동밖에 할 줄 모르니까, 다른 선택지를 상상할 줄 모르니까 그런 것이다.

나는 그런 언니가 딱했다. 얼마나 딱한지 말해 주고 싶은 충동이 턱끝까지 치밀었지만 애써 삼켰다.

"진심으로 축하해요, 동우 씨. 축하해, 은진아. 초대해 줘서 고맙고. 정말……."

언니가 잠깐 말을 골랐다.

"근사한 결혼식이었어."

그 말에 나는 언니의 결혼식을 떠올렸다.

강남의 한 호텔에서 했던 결혼식. 발밑에 그림자 대신 새하얀 베일을 드리우고서 한낮의 태양처럼 환히 웃던 언니. 홀의 테이블마다 포크와 나이프가 은빛으로 번쩍거리고 구운 소고기 냄새가 진동했다. 신부가 참 예쁘네요. 천사 같아요. 요정 같아요. 할리우드 여배우 같아요……. 사람들이 수군거리던 천편일률적인 비유들.

언니가 저 매끄러운 미소 뒤에서 나를, 내 신랑을, 내 친구들을, 내 결혼식을 비웃고 있는 것 같았다.

안 돼, 기분이 나빠지면 안 돼. 초라해지면 안 돼. 오늘 나는 행복해야 해.

"잘 가, 언니."

나는 단호히 잘라 말했다.

◇◇◇◇

언니가 떠나자 분위기는 더 부드러워졌다. 그럴 만도 했다. 다들 언니를 내심 불편해하고 있었으니까. 언니가 송파구의 자가 아파트에서 창밖으로 롯데월드타워가 내다보이는 거실에서 아침을 먹고 아우디를 몰고 한남동 대형 병원의 문전 약국으로 출근하며 저녁에는 대치동의 회계법인에서 일하는 남편이 야근하는 동안 피부과에서 레이저를 맞거나 개인 PT를 받는 생활을 하고 있다는 것까지는 다들 모른다 하더라도, 언니가 그들과 체질적으로, 기질적으로, 물질적으로 너무나 다른 사람이라는 것은 온몸으로 전해졌다. 서울 변두리 월셋집을 전전하는 학생과 예술가와 퀴어와 활동가 들이 그런 사람과 자연스럽게 대화하기는 어려운 일이었다.

언니를 부르지 않을 수도 있었을 것이다. 어차피 부모님이 반대하는 결혼을 집안 외부에서 추진한 것이고, 친구들하고만 간단히 치를 거라고 말했다면 언니도 이해했으리라. 하지만 나는 그렇게 언니를 피하고 싶지 않았다. 언니가 내 결혼식을 보고 무언가를 깨닫길 바란 것 같기도 했다. 언니가 얼마나 속물적인 사람인지, 내 친구들과 나를 둘러싼 세계가 얼마나 아름다움으로 충만한지.

"그래도 너, 언니랑은 사이좋은 것 같더라."

결혼식을 마치고 2차 겸 집들이를 하던 중, 이삿짐이 채 정리되지 않은 어수선한 집 안에 상을 펴고 비건 피자를 시켜 놓고 맥주를 마시며 아키 카우리스마키와 짐 자무쉬의 영화에 대해 한창 떠들다 분위기가 느슨해지자, 누군가가 말을 꺼냈다. 나는 어깨를 으쓱하고 담담히 대답했다.

"언니랑은 나쁘지 않게 지내. 언니는 나를, 우리를 존중해 줘."

"좋은 분이네."

"그래, 인상도 좋더라고."

조심스러운 말들이 나왔다. '인상 좋다'는 표현이 조금

우스웠다. 보통은 예쁘다고 한다.

"사실 존중 안 해도 별수 없지."

동우가 맥주 한 모금을 삼키고는 비쭉 웃으며 말을 이었다.

"나라도 동생이나 딸이 웬 천애고아에 네 살 연하인 무명 글쟁이 나부랭이랑 결혼한다고 하면 더 듣지도 않고 반대할걸. 반대가 뭐냐, 냅다 욕부터 하겠지."

여느 자리였다면 좌중을 숙연하게 할 정도의 시니컬한 발언이었지만, 여기 모인 친구들 사이에서 이 정도로 침묵이 흐르지는 않았다. 동우는 원래 시니컬한 말투를 종종 썼고 모두가 거기에 익숙했다. 친구들이 손을 내저으며 동우에게 핀잔을 줬다.

"야, 야, 적어도 오늘 같은 날에는 자학 금지."

"그래. 글쟁이 나부랭이라니, 주례사에서 너 부커상 받을 천재 작가라고 추켜세워 준 사람은 뭐가 되냐."

"자학 아니야. 나는 사실을 말하는 거지. 가족이란 건 원래 그런 거니까. 일신의 안위, 돈, 체면, 이런 게 최우선이지, 뭐."

그러더니 동우가 내 어깨를 끌어안았다.

"그런데도 은진이가 나 선택해 준 게 고마울 뿐이야, 나는."

친구들이 환호성을 올렸다. 나는 얼굴이 뜨거워지는 것을 느꼈다. 동우의 이런 연극적인 행동, 로맨티스트 같은 면모가 늘 사랑스러웠다. 좀 유치하지만 어린 시절에 읽었던 프랑스 고전 소설들에 등장하는 남자들을 연상케 했다. 하지만 그건 확실히 타개해야 할 낭만적 구습에 기대는 심리다. 아무리 사랑스러워도 곧이곧대로 받아들여서는 안 된다.

"그런 식으로 말하지 마. 내가 무슨 은혜라도 베풀었다는 듯이. 우리는 대등한 관계잖아."

나는 단호하게 말했다. 그러자 동우가 고개를 틀어 걱정스러운 듯한 표정으로 내 얼굴을 마주 보았다.

"화났어?"

"화난 거 아니야."

나는 미소를 억지로 삼켰다.

"그리고, 난 가족이란 게 '원래 그런 거'라고 생각하지 않아. 우리는 우리 원가족들하고는 다른 가족이 될 테니까."

동우가 소년처럼 웃으며 내게 머리를 기댔다.

"얘들아, 은진이는 늘 맞는 말만 해. 나는 맨날 진다니까. 밤이고 낮이고."

친구들이 와 웃음을 터뜨렸다. 나는 다시 얼굴이 뜨거워졌다.

"시끄러워. 건배나 해."

고개를 수그리고 맥주캔을 내밀었다. 다들 킥킥 웃으며 손에 든 술을 내밀었다. 편의점에서 각자의 취향대로

사 온 캔이며 병들이 테이블 한가운데로 모였다. 그런데
그중에서 합세하지 않은 한 명이 있었다.

"윤세희, 뭐 해? 빨리 캔 대. 이쯤에서 또 둘이 잘 살라
고 해 줘야지."

세희는 칭따오 캔을 자기 가슴 앞에 두고서 입을 앙다
물고 있었다. 세희의 새까만 단발머리에 대비된 얼굴이
하얗고 딱딱한 가면 같아 보였다. 작고 마른 몸을 웅크리
고 있어서 더더욱 조그마해 보였다. 세희가 조그맣게 말
했다.

"내가 왜 건배해야 하는지 모르겠어."

"뭐?"

세희가 조금 더 큰 소리로 되뇌었다.

"내가 왜 건배해야 하는지 모르겠다고."

동우가 눈을 껌뻑이며 특유의 천진한 투로 되물었다.

"왜냐니?"

"이렇게 우리가 수십 번씩 잘 살라고 해 주지 않아도
어차피 잘 살 테니까, 너희는."

상원이 어색한 미소를 지으며 끼어들었다.

"그게 무슨 말이야, 세희야."

"난 솔직히 좀 웃기거든."

세희의 목소리가 점점 더 높아졌다.

"우리 중에서 이런 넓은 아파트 전세 사는 사람, 얘네밖
에 없잖아. 은진이는 대학원생이고 동우는 작가니까 우

리랑 비슷한 사람들인 것 같지만, 사실 아니지. 이거 다 은진이가 어렸을 때부터 부모님한테 받아 모은 돈으로 마련한 거잖아. 얘네 부모님 부자라고. 언니도 부자고. 은진이도 부모님이랑 연을 끊네 마네 하지만 결국 우리랑 출발선이 다르지. 누가 누구의 행복을 빌어 주는 거야? 좀 웃기다고 생각하지 않아?"

이번에야말로 분위기가 싸해졌다.

친구들 사이에 침묵이 흘렀다. 다른 것보다도 그 짧은 침묵에 가슴이 내려앉았다. 모두가 내심으로는 세희와 같은 생각을 하고 있을 것 같았다.

상원이 먼저 입을 열었다.

"얘 취했다. 신경 쓰지 마. 야, 세희야, 넌 무슨 말을 그렇게 해."

"내가 뭐? 나 안 취했어."

세희가 짜증을 부렸다. 목소리에서도 눈빛에서도 분명한 취기가 묻어났다.

"잠깐 나가서 담배 피우고 오든지……."

상원이 세희를 끌고 나가려고 엉거주춤 일어서려는데 동우가 입을 열었다.

"아냐, 괜찮아. 이런 얘기 할 수도 있지. 불편한 건 불편한 거고 재수 없는 건 재수 없는 거지. 그런 거 말할 수 있으니까 우리가 친구인 거 아니야?"

동우는 세희에게 다가가더니 세희가 방패 쳐들듯 방어

적으로 들고 있던 캔에 자기 캔을 부딪쳤다. 세희가 어처
구니없다는 듯이 동우를 쳐다봤다. 그 어처구니없는 표
정에서 나는 분명한, 일말의 안도감을 읽었다. 세희도 자
신이 내뱉은 발언 때문에 우리 사이에 돌이킬 수 없는 균
열이 일어날까 봐 막상 겁이 났던 모양이었다.

"나 지금 너네 깐 거야. 부르주아라고."

"알아, 알아."

동우가 킬킬 웃었다.

"우리 중에서 은진이랑 나 같은 부르주아 커플 있어서
다행이지, 안 그래? 실컷 이용해 먹어. 맨날 밥 사 달라고
해. 돈 급하면 빌려 달라 하고. 월세 못 내서 길거리 나앉
으면 우리 집 와서 자고. 신혼집이라고 쫓아내지 않을게."

"어우, 싫어. 오라고 해도 안 온다."

세희가 눈을 흘기며 슬금슬금 캔을 내밀었다. 그제야
모두가 경직되었던 자세를 풀고 낮고 미지근한 웃음을
흘리며 다시금 건배했다. 짠 하는 소리가 거실에 울려 퍼
졌다. 곧이어 누군가가 최근 X에서 화제가 된 음악 관련
밈에 대한 이야기를 꺼냈고, 새로운 화제를 기다렸던 모
두가 그 이야기에 달려들었다.

나는 대화에 낄 기분이 아니었지만 그래도 말을 얹었
다. 내가 아무렇지 않은 듯 굴지 않으면 모두가 내 눈치를
볼 것이고, 내가 세희의 말에 신경을 쓴다는 게 티가 날
것이다. 그건 싫었다.

동우는 나와 자기 자신을 합쳐서 부르주아 커플이라고 했지만 엄밀히 부르주아는 나뿐이었다. 동우도 원래는 고시원에서 공짜로 나오는 밥과 김치로 연명하는 신세였으니까. 그걸 아니까 다들 이해해 주는 거겠지. 친구들이 우리 결혼을 축복해 주는 것은 내가 아니라 동우 때문이다.

부모님은 내가 아주 어렸을 때부터 적금과 주식으로, 상속세를 떼이지 않을 만큼 조금씩 돈을 물려줬다. 내가 다 커서 부모님이 싫어하는 친구들과 어울리다가 기어이 부모님이 반대하는 결혼을 하겠다며 그 돈을 싸 들고 집을 박차고 나올 줄 알았다면 절대로 그러지 않았을 것이다. 부모님의 선견지명이 고마웠다. 그리고 진저리 나게 미웠다.

◇◇◇◇◇

새벽 1시가 되어 친구들이 모두 돌아갔다. 동우가 배웅하러 나간 동안 나는 집에 남아 뒷정리를 했다. 시끌벅적하던 집 안에 정적만 감돌고, 채 풀지 않은 이삿짐 상자와 피자 상자와 술병과 맥주캔과 쿠션 들이 한데 널브러져 있는 걸 보니 쓸쓸한 기분이 들었다.

나는 손을 바쁘게 놀리면서 잡생각을 잊으려 했다. 정확히는 동우에 대한 생각에 몰두하려 했다.

나의 동우. 능청스럽고 시니컬하면서 쾌활한 동우. 오

늘처럼 동우가 좌중의 분위기를 풀거나 웃음을 자아낸 적은 한두 번이 아니었다. 나를 상대로도 그랬다. 늘 뻣뻣하고 고지식한 나의 태도를 동우는 부드럽게 풀어 주곤 했다. 내가 페이퍼에 파묻혀 머리를 싸매고 있을 때 동우는 자신의 소설 아이디어로 나를 웃겨 주었다. 동우의 그런 유머 감각이, 가벼운 유연함이 사랑스러운 한편 부러웠다. 동우는 어렸을 때부터 숙부 집에 얹혀사느라 눈칫밥을 먹어서 생긴 성격이라고 했지만 그런 경험마저도 나는 어쩌면 부러운 것 같았다. 동우는 자신에게 아무 기대도 하지 않는 가족과 자랐다. 동우에게는 물론 상처가 되었겠지만, 사실 아무런 기대도 받지 않는 것은 얼마나 자유로운 일인가. 나는 부모의 기대를 거부하고 돌아서서 여기까지 왔지만 무언가를 거부한다는 것은 이미 그것에 얽매여 있다는 뜻이기도 했다.

동우는 가진 것 없는 자신을 선택해 준 내게 고맙다고 했지만 나는 동우가 가진 것이 아주 많다고 생각했다. 동우는 사람을 사랑할 줄 알았고, 그 사랑을 내게 가르쳐 줬다. 우리의 사랑은 서로를 마주 보는 사랑이 아니라 서로의 손을 잡고 같은 곳을 바라보는 사랑이었다. 아름다움이라는 곳을. 그걸 생각하면, 나는 더 이상 잘난 언니 옆에서 쪼그라들어 있던 어린아이가 아니었다.

설거지를 다 하고 쿠션들을 털어 제자리에 놓았을 때쯤에는 마음이 따스하게 데워져 있었다. 지금 곁에 없는 동우가 그리워졌다. 나간 지 얼마 되지도 않았는데…….
시계를 보니 20분이 지나 있었다. 아파트 정문까지 바래
다주는 것치고는 오래 걸리는 것 같았다.

한번 나가 볼까. 술도 깰 겸 가을밤 산책을 하고 싶기도
했다. 만나서 같이 좀 걷다 들어와도 좋을 것 같았다.

나는 운동복 위에 후드 재킷을 걸치고 핸드폰을 들고
집을 나섰다. 공동현관 밖으로 나가자 10월치고는 따뜻
한 공기가 나를 맞았다. 가뜩이나 노랗게 물든 나뭇잎들
이 가로등 불빛을 받아 더욱 노랗게 빛나고 있었다. 나는
조용한 아파트 단지를 가로질러 정문 쪽으로 향했다. 그
때 놀이터 그네에 혼자 앉아 있는 남자가 보였다. 동우였
다. 핸드폰으로 통화를 하고 있는 것 같았다.

어쩐지 장난기가 발동했다. 나는 동우가 나를 보지 못
하도록 등 뒤로 돌아서 살금살금 걸어갔다. 살짝 놀래 주
고 싶은 마음이었다.

거리가 가까워지자 통화 소리가 들렸다. 엿들을 의도
는 아니었지만 몇 단어가 귀에 들어왔다. 나도 모르게 걸
음이 느려졌다.

"응. 다 갔지. 피곤하다, 진짜. 이것도 결혼이라고."

순간 귀를 의심했다.

"미친 새끼. 어, 그래, 고맙다. 야, 지금 뭐라고? 그딴 소
리 할 거면 끊어."

누구지? 누구와 통화하길래 이런 거친 말투를 쓰는 걸

까? 모르긴 몰라도 오랜 친구인 모양이었다. 중학교나 고등학교 동창이 결혼을 축하한다고 연락해 온 것일까.

마음에 들지 않았다. 정확히 왜 그런지 설명할 수는 없지만 나는 동우에게서 그다지 보고 싶지 않은 면모를 보고 있었다. 그리고 그다지 듣고 싶지 않은 이야기를 듣게 될 것 같았다. 그런데 이상하게도 발을 돌릴 수가 없었다.

"그럼 너 같으면 마누라 못생겼다는 말에 빡치지, 안 빡치겠냐?"

나는 숨을 죽였다.

곧이어 짙은 자조가 깔린 말들이 쏟아졌다.

"못생긴 거 알지, 누가 몰라. 눈은 단춧구멍 같지. 피부는 멍게 같지. 몸은 돼지 같지. 불 안 끄면 섹스도 못 해. 그런데도 나 같은 날건달 건져 주는 여자가 얘뿐이라서, 내가 만난 애들 중 그나마 돈 있는 애가 얘뿐이라서, 그래서 잡았다. 됐냐?"

온몸의 피가 식는 것 같았다.

분명 따뜻했던 밤공기가 싸늘하게 피부에 와닿았다. 낙엽 하나가 톡 소리를 내며 발치에 떨어졌다. 그 소리가 천둥처럼 울려 나는 흠칫했지만 동우는 뒤를 돌아보지 않았다. 나는 당장 뛰어가서 동우의 어깨를 잡아 돌리고 싶은 충동이 들었다. 저 남자가 정말로 동우가 맞는지, 맞다면 무슨 표정을 하고 있는지 알고 싶었다. 하지만 알고 싶지 않기도 했다. 영원히 모르고 싶었다.

후자의 충동이 이겼다. 나는 조심스럽게 몸을 돌렸다.

◇◇◇◇◇

내가 그렇게 못생겼나?

집에 와서 욕실 거울을 들여다보았다. 직접 본 적은 평생 한 번도 없는, 다만 거울을 통해서만 헤아릴 수 없이 보아온 얼굴이 나를 마주했다. 지극히 익숙한 얼굴이 낯설게 보였다. 화농성 여드름으로 뒤덮여서 가뜩이나 울긋불긋한데 이제는 홍조가 더해져 전체적으로 벌게진 피부, 넓고 네모진 턱과 그 아래로 두 겹 접힌 살덩어리, 입 양옆으로 깊이 팬 팔자주름, 가로 길이가 짧아서 흰자위가 잘 드러나지 않는 눈.

나는 냉정하게 내 얼굴을 보려 했다. 하지만 심장 박동이 거세게 울려서 집중이 되지 않았다. 눈앞이 자꾸만 뿌옇게 흐려졌다.

내가 정말로, 그렇게까지 못생겼나?

알기야 알았다. 내가 예쁘지 않다는 건. 당연히 알고 있었다. 어떻게 봐도 미인형은 못 된다는 것. 어렸을 때부터 거울을 보기 싫어했다. 사진 찍기도 싫어했다. 누가 봐도 예쁜 언니 옆에 있을 때면 더더욱 그랬다. "정말 너네 언니야?" "너희 둘이 자매 사이니?" "어머……." 이런 말을 늘 들었다. 또래 여자애들은 "나 또 살쪘어."라며 푸념하다가도 내가 옆에 오면 다이어트 얘기를 삼갔다. 어떤 애들은 자기 얼굴이 더 돋보이도록 나랑 같이 다니고 싶어 했고 또 어떤 애들은 나랑 같이 다니는 걸 은근히 창피해했다. 또래 남자애들은 나를 여자로 대하지 않았다. 숙제를 빌려 달라고 부탁할, 무슨 생각을 하는지 모를 음침한 책벌레 모범생으로 대했다. 나는 내가 남자친구를 사귀게 될 거라고, 결혼도 할 거라고는 상상도 못 했다. 그래, 그랬지. 하지만…….

어떻게 동우가 나한테 이럴 수가 있나.

믿기지 않았다. 귀신에 쓴 것 같았다. 꿈을 꾸는 것 같았다. 귀신에 쓴 것이든 꿈을 꿨던 것이든 뭐가 됐든 간에 현실은 아니었다고 치고 잊고 싶었다. 하지만 아까 들은 말이 자꾸만 귓가를 맴돌아 울렸다.

**눈은 단춧구멍 같지. 피부는 멍게 같지. 몸은 돼지 같지.**

**불 안 끄면 섹스도 못 해.**

나는 욕실 불을 끄고 나왔다. 그리고 침실 안을 서성이면서 마음을 가라앉혔다. 생각을 하자. 이성적으로. 지금 문제는 내가 못생겼다는 게 아니었다. 동우가 나를 못생겼다고 생각한다는 것도 아니었다. 진짜 문제는, 동우가 남에게 나를 모욕했다는 것, 그리고 돈 때문에 나와 결혼했다고 말했다는 사실이었다. 바로 그것이었다.

그게 정말이라면 동우는 나를 사랑하지 않았다.

아니, 그럴 리 없었다. 내가 뭔가 오해했을 것이다. 무언가 합리적인 해명이 있을 것이다. 분명…….

"자기야, 나 왔어."

친숙한 음성과 더불어 현관문이 닫히는 소리가 났다. 돌아보니 동우가 언제나와 같은 미소를 지으며 방으로 들어오고 있었다. 그 미소가 반가워서 한달음에 뛰어가 안기고 싶은 마음이 왈칵 치솟았다. 그러면 동우는 왜 그러냐고, 무슨 일이냐고 걱정스럽게 묻겠지.

하지만 속으로는 못생겨서 역겹다고 생각할까.

"뭐야, 표정이 왜 그래?"

동우가 내게 다가왔다. 나는 시선을 슬쩍 피했다.

"왜 이렇게 늦었어?"

"동창한테 전화가 와서, 통화 좀 하고 오느라……."

"무슨 동창? 내가 아는 사람?"

"아니."

동우가 어딘가 불편한 표정으로 그렇게만 대답하고는 내 팔을 잡았다.

"그런데 나 가고 무슨 일 있었어? 너 안색이 되게 안 좋아."

"……들었어."

"응?"

나는 애써 동우의 눈을 마주 보았다. 동그랗게 뜬 천진한 눈이 사랑스러웠다.

"네가 통화하는 소리, 들었다고."

동우의 눈이 조금씩 가늘어졌다. 동우가 내 말을 받아

들이는 동안, 그게 무엇을 뜻하는지 헤아리는 동안 나는 기다렸다. 침착하게. 침착해야만 했다. 이건 신중하게 다뤄야 할 문제다. 흥분해서 될 일이 아니다.

동우가 신음을 흘리더니 내 다른 쪽 팔도 덥석 잡았다.

"은진아, 내 말 좀 들어 봐. 아까 그건, 내가 뭐라고 했더라? 뭐라고 했든 간에 그건 헛소리였어. 진심이 아니었다고."

동우가 내 팔을 붙잡은 손에 힘을 주며 말을 이었다.

"그 자식, 어렸을 때 친군데, 그냥 좀, 천박한 놈이야. 여자는 얼굴과 몸이 전부라고 생각하는…… 그딴 놈이랑 왜 친구 하냐고 물으면, 모르겠어, 그냥 너무 오랜 친구라서…… 그 수준에 맞춰서 대화하게 돼. 그래서 허세 부린거야. 그뿐이야. 내 진심이 어떤진 너도 알잖아, 그렇잖아. 은진아? 나 좀 봐 봐."

동우가 내 팔을 놓고 한쪽 뺨을 손으로 감쌌다. 손이 여느 때처럼 따뜻했다. 얼굴을 감싸 오는 생생한 온기 속에서 나는 생각했다.

그래, 허세였을 것이다. 동우 특유의 시니컬한 허세.

친구가 내 외모를 깎아내리자 화가 났겠지. 그러나 친구의 말을 반박하며 화를 표출하는 것은 동우의 방식이 아니다. 동우는 오히려 친구보다 한술 더 뜨는 방식으로 대응한 것이다. 그래, 내 아내는 못생겼다. 나는 겨우 이런 여자하고 결혼하는 놈이다. 돈 보고 결혼하는 거다. 내

수준이 이렇다. 난 이 정도로 쓰레기다. 그러니까 닥쳐라.

그러면 나랑 있을 때 보인 모습들은 어디부터 어디까지가 허세였을까.

3년 전 어느 여름날, 동우를 처음 만났던 때가 떠올랐다. 유난히 무덥고 매미 울음소리가 요란하게 울려 퍼지던 날이었다. 어느 여성주의 단체의 기획 포럼에 초청받아 강연을 했다. 내가 믿는 아름다움에 대해 처음으로 대중을 상대로 설파할 수 있었던 기회였다. 청중은 대부분 여성이었다. 나는 열성적으로 말했다.

**여러분은 아름다워지고 싶다고 생각하죠. 아름다워지려고 피부과 시술을 받고, 성형 수술을 하고, 머리카락을 다듬고, 화장을 해요. 또는 여성에게 가해지는 꾸밈 노동의 압박은 반(反)여성주의적이라는 신념에 따라 아름다움을 멀리하기도 하겠죠. 아름다워지려고 노력하는 건 어리석은 짓이야, 난 아름다움을 포기하겠어. 이렇게 생각하며 하이힐과 화장품을 내다 버리고 머리를 짧게 자르는 페미니스트들도 있어요. 하지만 여러분, 미학자로서 저는 그런 건 아름다움이 아니라고 생각합니다. 아름다움이 대체 뭘까요? 오똑한 코, 마른 몸, 긴 다리가 아름다움일까요?**

고대 그리스인들은 그렇게 생각하지 않았습니다. 그들에게 진정한 아름다움이란 어디까지나 정신적인 가치였습니다. 아름다움은 곧 진실함이고, 진실함은 곧 선함이었지요. 진, 선, 미. 그 세 가지가 하나였습니다. 우리는 그들의 지혜로 돌아가되, 도대체 무엇이 선하고 진실한 것인지를 새롭게 창안할 필요가 있습니다. 그 시대에는 여성이 남성보다 열등한 존재로 취급되는 것이 선이었습니다. 그것은 오늘날 더 이상 통용될 수 없는 낡은 선입니다. 그렇다면 오늘날 선한 것은 무엇일까요?

우리 사회는 각자가 믿는 선과 진의 각축장입니다. 여러분은 아마도 여성주의자로서 신념을 가지고 이 자리에 모였을 것입니다. 그렇다면 여러분은 그 신념을 추구하는 것이 선이라고 생각하겠지요. 그 선이 외적으로 드러나는 방식이 곧 아름다움이라고 생각해 봅시다. 그러면 무엇이 아름다움일까요? 저는 이런 것들을 떠올려 봅니다. 장애인을 배제하지 않는 공공 디자인, 노동자를 소외시키지 않고 만들어진 한 권의 책, 자기답게 편안히 존재하는 여성의 몸, 왜곡된 아름다움의 기준에 저항하는 패션……

강연을 마치고 청중의 반응을 살폈다. 사람들은 긴가민가한 표정이었다. 그들은 아마도 내가 그래서 무엇이 오늘날의 진선미인지를 속 시원히 정의 내려 주기를 바란 것 같았다. 삭발하고 바지 입은 페미니스트와 화장하고 하이힐 신은 페미니스트가 함께 갈 수 있다는 건지 없다는 건지를 명확히 밝혀 주기를 바란 것 같았다. 그랬다,

대부분의 사람들은 스스로 생각하기를 싫어했다. 자신을 대신해 답을 내려 줄 사람을 찾았고, 그런 사람이 선생이라고 생각했다…….

하나둘씩 사람이 빠져나가고 매미 울음소리가 새어드는 강의실에서 허탈한 마음으로 서서 자료를 정리하고 있는데, 한 남자가 다가왔다. 앳되고 잘생긴 얼굴에 갈색 곱슬머리를 하고 수줍은 표정을 띤 남자였다. 나는 그가 어딘지 옛 그리스 신화 속 인물 같은 얼굴이라고 생각했다. 남자, 동우는 손에 쥔 핸드폰을 들어 보이며 말했다.

*선생님, 번호 좀 알려 주실래요?*

*질문이라면 이메일이 편할 것 같은데요.*

*질문이 아니라요.*

동우가 멋쩍게 웃으며 말했다.

*선생님을 개인적으로 알고 싶어서요. 왜냐하면…… 제가 찾는 아름다움은 선생님에게 있는 것 같거든요.*

나는 멍하니 입을 벌리고 동우를 바라보았다.


갑자기 눈물이 쏟아졌다.

"은진아……."

눈앞에 선 동우의 얼굴이 흐릿해졌다. 눈에는 물이 넘치고 가슴에는 불이 타올랐다. 목에서 괴상한 신음이 튀어나오는 것을 주체할 수 없었다. 동우가 당혹감으로 어쩔 줄 모르는 표정으로 나를 달랬다.

"은진아, 미안해. 내가 진짜 잘못했어, 응?"

"너는……."

나는 메이는 목으로 힘겹게 말했다.

"나를 사랑한 적이 있기는 있어? 한 번이라도, 그런 적이 있어?"

"당연하지! 늘 사랑했어!"

"그런데 어떻게, 어떻게, 누군가에게 그런 말을 할 수가 있어?"

"그냥 헛소리였다니까. 진심이 아니었어……."

"나는 한 번이라도 너를 쓰레기라고 생각해 본 적이 없어. 누군가에게 너를 쓰레기라고 말해 본 적도 없어. 그런데 너는 너 스스로를 쓰레기로 만들었어."

나는 동우를 힘껏 뿌리쳤다. 내 얼굴과 팔에 머무르던 동우의 온기가 밀려났다.

"내 앞에서 꺼져. 혼자 있고 싶어."

"아니야, 잠깐만. 여기 앉아 봐. 내 얘기 좀 더 들어 봐……."

동우가 내 팔을 다시 잡고 침대로 잡아끌었다. 나는 비틀거리며 동우의 손에 달려 갔다. 팔을 빼려 했지만 이번에는 잘 되지 않았다. 동우가 나를 억지로 침대에 앉히더니 힘주어 끌어안았다. 품 안에서 버둥거리는 내 귓가에 그는 속삭였다. 술 냄새가 훅 끼쳐 왔다.

"사랑해, 은진아. 이게 진짜야. 다른 건 생각하지 마. 난 너한테 끌려. 언제나 그랬고 지금도 그래……."

동우가 내 얼굴 여기저기에 입을 맞췄다. 나는 비명을 지르고 싶어졌다. 동우는 말을 못 알아듣고 있었다. 그런 문제가 아니다. 내가 동우에게 매력이 있느냐 없느냐, 동우가 내게 꼴리느냐 안 꼴리느냐, 불을 켠 채로 섹스를 할 수 있느냐 없느냐의 문제가 아니다. 그런데 동우는 마치 이게 전부 그런 문제인 것처럼 말하고 있었다.

저리 가라고, 나를 더 이상 모욕하지 말라고 말해야 했다.

그런데 이상한 일이 일어났다. 내 몸속에서 마치 누군가가 말하는 것처럼 다른 목소리가 들려오는 것이었다.

**사랑받고 싶어. 예쁨받고 싶어. 사랑받고 싶어. 예쁨받고 싶어. 사랑받고 싶어. 예쁨받고 싶어. 사랑받고 싶어. 예쁨받고 싶어. 사랑받고 싶어. 예쁨받고 싶어. 사랑받고 싶어. 예쁨받고 싶어. 사랑받고 싶어. 예쁨받고 싶어. 사랑받고 싶어. 예쁨받고 싶어.**

듣고 싶지 않았다. 닥치라고 하고 싶었다. 하지만 몸속의 목소리는 끈질기게 이어졌고 몸속에 있는 귀를 막을 방법은 없었다. 그 목소리의 주인은 동우의 입맞춤 하나하나에 떨면서 탄성을 질렀다. 내가 몸부림을 치는데도 불구하고 나를 놓아주지 않는 동우의 강인한 품에 단단히 안겨 있다는 데에 희열을 느꼈다. 이것 봐. 동우는 나를 예쁘다고 생각해. 그러지 않으면 이렇게 정성껏 키스해 줄 리가 없어. 그러지 않으면 이렇게 나를 꽉 끌어안을 리 없어. 생리적으로 역겹다고 느낀다면 어떻게 나를 이

만큼 다정하게 어루만질 수가 있겠어. 어떻게 그 수많은 밤, 나랑 섹스할 수 있었겠어. 이것 봐, 나는 충분히 예뻐. 동우 같은 어리고 잘생긴 남자가 꼴릴 만큼. 너무 꼴려서 주체할 수 없을 만큼.

온몸이 뜨거웠다. 머릿속이 몽롱했고 숨이 차올랐다. 팬티가 축축하게 젖어드는 것이 느껴졌다. 울음이 터져 나올 듯한데 무엇 때문에 울고 싶은지 알 수 없었다. 쾌락? 오욕? 분노? 안도? 공존할 수 없는 감정들이 한꺼번에 떠올라 나를 뒤덮었다. 아니, 아니다. 나를 뒤덮고 있는 것은 몸이었다. 남자의, 동우의 몸이었다.

숨이 차서 터질 것 같았다. 금방이라도 질식할 것 같았다. 나는 힘겹게 말을 쥐어 짜냈다.

"그……만해."

나는 동우의 어깨를 밀었다. 그러나 동우는 밀려나지 않았다.

"그만……."

"왜? 방금까지 계속 좋다고 하고 있었잖아."

끄떡없는 동우의 몸 아래에서 더럭 공포가 치솟았다. 이대로 가면 동우에게 짓눌려 내가 사라질 것이다.

나는 눈을 크게 뜨고 숨을 토해 냈다. 불현듯 시야가 맑아지면서 맞은편 벽이 눈에 들어왔다. 나는 침대 옆 벽에 비스듬히 기대고 있었고 동우는 그런 나를 더듬고 있었다. 동우의 땀구멍에서 흘러나오는 술 냄새, 머리카락 냄새, 나 자신의 땀 냄새가 콧속으로 밀려들어 엉망으로 뒤엉켰다. 나는 등 뒤의 벽을 한쪽 팔꿈치로 짚으며 온 힘을 다해 상반신을 일으키면서 내 위에서 움직이고 있는 동우를 내 몸째로 밀어냈다.

동우가 무게중심을 잃고 뒤로 기울어지면서 그의 머리가 침대 너머 허공으로 넘어갔다. 동우의 머리가 허공에서 둥근 궤적을 그리며 정확히 협탁 모서리로 낙하하는 과정을 나는 슬로 모션으로 보듯 지켜보았다. 그 짧고도 긴 순간 동우는 눈을 동그랗게 뜨고 있었다. 아이처럼 맑은 담갈색 눈동자 안에 뚱뚱한 내가 만곡되어 비쳤다.

정신을 차렸을 때, 동우는 발만 침대에 걸쳐진 채 상반신이 바닥에 널브러져 있었고, 나는 침대 위에 무릎을 꿇고 엎드린 채 그를 내려다보고 있었다.

모로 돌아간 동우의 머리에서 피가 흘러나왔다.

◇◇◇◇◇

사람이 그렇게 쉽게 죽을 수 있는 줄은 몰랐다.

새벽 3시. 아무도 없는 밤거리를 나는 어디 바삐 갈 데라도 있는 사람처럼 잰걸음으로 걸었다. 아파트 단지 안에 있자니 나 자신이 너무 눈에 띄는 것 같아서, 온 아파트 사람들이 창문으로 몸을 내밀고 나를 내려다볼 것 같아서 나는 최대한 빨리 단지를 빠져나갔다. 그리고 지하철역 쪽으로, 식당과 상가와 학원과 병원이 있는 쪽으로 하염없이 걸었다.

걸어도 걸어도 동우에게서 멀어지는 것 같지 않았다. 죽어가던 동우의 모습이 자꾸만 떠올랐다. 협탁 모서리에 뒤통수가 부딪히던 순간 나던 쿵 하는 소리, 그리고 동시에 무언가 잼이 든 과자 같은 것이 깨지는 듯하던 소리. 믿을 수 없다는 듯 나를 쳐다보던 동우의 마지막 눈빛. 무섭게 번지던 피. 너무, 너무 많은 피. 동우의 입에서 새어나오던 기괴한 신음. 그리고…….

나는 살풍경한 빛이 밝혀진 텅 빈 무인 편의점 앞에 멈춰 섰다. 온몸이 파들파들 떨렸다. 정말로 죽었나? 착각한 것은 아닐까? 숨을 쉬고 있지 않을까? 지금이라도 돌아가서 119에 신고하면 살릴 수 있지 않을까? 아니, 이건 그렇게 믿고 싶은 절박한 마음일 뿐이다. 숨이 끊어진 것도, 심장이 뛰지 않는 것도 확인했다. 동우는 죽었다.

내가 죽였다.

나는 다시 걸음을 옮겼다. 어디로든 걷지 않으면 미칠 것 같았다. 생각을 하자. 생각을 해야 한다. 나는 보도블록 위를 내딛는 내 발을 내려다보며 생각에 잠겼다. 동우가 죽었다. 내가 사랑한 남자가. 내 남편이. 친구들 앞에서 나와 결혼한 남자가. 결혼한 바로 그날 죽었다. 죽은 이유는……. 사고였다. 그래, 그건 사고였다. 우리는 싸웠고, 싸우고 화해하는 과정에서 섹스를 했고, 섹스를 하다가 몸을 잘못 움직여서……, 그래서…….

그때 문득 내 발 앞에 누군가 다른 사람의 발이 나타났다.

나는 화들짝 놀라서 고개를 들었다.

내 앞에는 어떤 노부인이 서 있었다. 키가 작은 데다 허리가 구부정해서 내 눈높이에서는 정수리가 내려다보였다. 노부인은 회색 머리를 쪽지고 짙은 남색과 자홍색 양단으로 된 한복을 입고 흰 고무신을 신고 지팡이를 짚고 있었다. 노부인이 천천히, 아주 천천히 고개를 들어 나를 올려다보았다. 얼굴이 온통 주름투성이였다. 백 살은 거뜬히 넘었을 듯했다. 그는 나를 보며 쯧, 쯧, 쯧 혀를 찼다.

그 앞에서 나는 얼어붙은 듯 서 있었다. 노부인의 날카로운 시선이 나를 훤히 꿰뚫어 보는 듯했다.

"무슨…… 일이시죠?"

내가 묻자 노부인은 얼굴을 찡그려 가뜩이나 주름진 얼굴을 더 주름지게 했다.

"딱하구먼, 딱해."

나는 한 발짝 뒷걸음을 쳤다. 내 처지에 대해 아는 걸까? 그럴 리가.

"누가요?"

"누구긴 누구야, 자네 남편이지."

등골이 싸늘해졌다.

"제 남편이 왜……."

"앞길이 창창한 사내였는데, 제명대로 살았으면 대성했을 팔자였는데. 아깝구먼, 아까워."

나는 뭐라 말을 꺼내지 못하고 입을 어물거렸다. 이게 무슨 일이지? 내 남편이 죽은 것을 저 할머니가 어떻게 알지? 대성했을 팔자라는 건 또 뭐야? 점쟁이라도 되는 건가?

거기까지 생각이 미치자 이상한 감정이 일어났다. 난 생처음 보는 수상쩍은 할머니인데, 게다가 나를 보는 눈 초리가 전혀 상냥하지 않은데, 나는 그에게 매달리고 싶 어지는 나 자신을 발견했다. 동우의 숨이 끊어지고 나서 지금까지 한 시간 남짓 되는 시간 동안 미치도록 외롭고 무서웠는데, 내 상황을 설명하지 않아도 알고 있는, 공권 력과도 무관하고 내 인간관계와도 무관하며 어딘가 초자 연적인 힘을 갖고 있는 듯한 누군가를 만나니 오히려 안 도감이 들었다. 저 할머니라면 나를 도와줄 수도 있지 않 을까. 어쩌면, 그럴 수도 있지 않을까…….

"어르신, 어…… 어떡하죠. 동우…… 동우 어떻게 해요?"

나는 눈물을 쏟으며 물었다. 그러자 노부인이 지팡이 를 두 손으로 짚고는 나지막이 물었다.

"어떻게 됐으면 좋겠는데?"

어떻게? 그야 당연히, 동우가 살아나기를 원했다. 동우 가 살 수만 있다면, 그럴 수만 있다면……. 나는 동우가 죽 은 과정을 다시 떠올렸다. 결혼식, 뒤풀이, 세희, 통화, 말 싸움……. 그 모든 게 지극히 사소한 일처럼 느껴졌다.

"동우가 살았으면 좋겠어요."

나는 끅끅거리며 말했다.

"살았으면 좋겠다고? 정말로?"

"네, 정말로, 정말로…… 저는 동우가 죽길 바란 건 아니었어요. 절대로 아니에요. 할머니, 동우를 살려 주세요, 네? 그렇게 해 주실 수 있나요?"

나는 노부인의 한복 소맷자락을 붙잡고 어린아이처럼 떼를 썼다. 그러나 노부인은 그런 내 손을 매섭게 뿌리치고는 호통을 쳤다.

"어딜 잡아! 그 더러운 손으로 날 만지지 마라."

나는 흠칫 물러났다. 그래, 역시 될 리가 없지. 이 할머니가 어디서 뭘 하던 사람인지는 몰라도, 죽은 사람을 되살릴 수는 없을 것이다……. 그런데 노부인의 입에서 뜻밖의 말이 이어졌다.

"그리고, 그래, 내가 네 남편을 살려 줄 수 있다."

나는 울음을 그쳤다. 뺨을 타고 흐르던 눈물이 목깃을 적셨다.

"네?"

"살려 줄 수는 있어. 단, 조건이 있다."

"그게…… 그게 뭔데요?"

"네 남편이 살아나면, 자신이 죽었다는 사실도, 죽게 된 이유도 기억하지 못할 게다. 그것을 절대 일깨우면 안 돼. 그 기억을 돌이키면 모든 것이 수포로 돌아간다."

나는 노부인의 말을 멍하니 곱씹었다.

그러니까 동우의 기억이 사라진다는 뜻이었다. 자신이 친구에게 내 외모를 헐뜯고 돈 때문에 결혼했다고 말한 것도, 내가 그 통화를 들었다는 것도, 그 일 때문에 싸웠던 것도, 동우가 나를 달래는 과정에서 섹스하게 됐던 것도, 내가 도중에 그를 거부하느라 밀쳤다가 협탁에 머리를 찧은 것도 모두 기억하지 못한다는 뜻이다.

만약 그렇다면, 내게는 오히려 잘된 일 아닌가. 동우가 자신의 죽음을 기억하는 것이 더 난감했다. 어떻게 그를 살릴 수 있었는지 설명해야 하고, 죽일 의도가 아니었음을 해명해야 하고……. 그런 곤혹스러운 과정 없이 동우를 살릴 수 있다니. 노부인이 내건 조건은 내가 치러야 할 대가라기보다는 차라리 혜택이었다. 모든 것을 없던 일로 만들 수 있다. 다 없던 일로.

"조건은 그것뿐인가요?"

노부인이 고개를 끄덕였다. 나는 더 고민하지 않았다.

"그렇다면 좋아요. 그렇게 해 주세요."

노부인이 입을 벌려 히죽 웃었다.

"살려 달란 거지?"

"네, 제발요."

노부인은 지팡이를 들어 나를 향해 흔들며 말했다.

"네가 예뻐서 은혜를 베푸는 게 아니다. 그 사내가 불쌍해서, 네 원을 이용해 살려 주는 것이다. 기억해라."

나는 고개를 열심히 주억거렸다.

"알았어요, 알았어요. 그럼 제가 이제부터 뭘 하면 될까요?"

노부인이 끙 하고 앓는 소리를 내더니 내게서 등을 돌렸다. 그러고는 더 이상 아무 말도 않고 걷기 시작했다. 단정하게 쪽진 회색 머리가 내게서 멀어져갔다.

"어르신? 어르신! 그냥 가시면 어떻게 해요!"

내가 황급히 발을 내디디려는 때, 호주머니에서 진동이 울렸다. 핸드폰을 꺼내 보았다. 메시지가 와 있었다.

어디야? 왜 안 와?
—동우

◇◇◇◇◇

나는 숨 가쁘게 달렸다. 집으로, 집으로. 아까까지만 해도 멀어지고만 싶었던 집이 이제는 1초라도 빨리 돌아가고 싶은 곳이 되었다. 집에 동우가 있다. 살아서 나를 기다리고 있다. 아무것도 모르는 천진한 얼굴로. 그 생각에 가슴이 벅차올랐다. 동우, 사랑하는 동우. 우리에겐 아무 일도 없었던 거야. 우린 행복한 부부야. 나는 여전히 너의 아름다운 신부이고, 너는 여전히 나의 아름다운 신랑이야. 우린 잘 살 거야. 가장 우리다운 모습으로, 우리다운 방식으로 살아갈 거야……

놀이터를 가로질렀다. 공동현관으로 들어섰다. 엘리베

이터를 탔다. 1층, 2층, 3층……. 8층에 도착했다. 나는 도어락 번호키를 누르고 현관문을 열었다.

"어, 왔어?"

거실에서 목소리가 들렸다. 여상스러운 목소리가 너무 반가워서, 너무 친근해서, 너무 안심돼서 온몸이 녹아내리는 것 같았다. 나는 안으로 뛰어 들어갔다. 예상대로 동우는 거실 소파에 앉아 있었다. 나는 그를 냅다 껴안았다.

"은진아……? 왜 그래?"

"아니야, 그냥. 좋아서. 자기 보니까 너무 좋아서."

동우가 낮게 웃음을 흘리고는 내 머리를 쓰다듬었다.

"뭐야, 실없긴. 근데 어디 갔다 왔어? 애들 바래다주고 와 보니까 네가 집에 없길래 당황했잖아."

나는 동우의 목에 고개를 파묻으며 숨을 내쉬었다. 생각이 잘 정리가 되지 않았다. 내가 왜 집을 나갔더라? 그건 네가 죽었기 때문이었어. 하지만 그렇게는 말할 수 없었다.

"나가서 너랑 같이 들어오려고 했는데. 서로 엇갈렸나봐."

"아, 그렇구나."

그런데 뭔가 이상했다.

조금씩, 조금씩, 내 머리카락이 무언가 뜨끈한 액체에 젖어드는 게 느껴졌다. 어디선가 비릿한 쇠 냄새 같은 게 났다.

나는 퍼뜩 동우에게서 몸을 떼어 냈다. 그러자 비로소 동우의 얼굴이 시야에 온전히 들어왔다.

　동우는 의아한 눈으로 나를 보았다. 그의 목이 이상한 각도로 틀어져 있었다. 그리고 목을 타고 붉은 피가 흘러 내리고 있었다.

◇◇◇◇◇

　어쨌든 노부인은 약속을 지켰다. 동우는 살아 있었다. 완전히, 멀쩡히 살아 있었다. 남들이 보기에 동우는 아무 문제가 없었다. 문제는 나였다.

　동우의 뒤통수에서 피가 흘러내렸다. 베이지색으로 염색한 동우의 머리카락 일부분이 새빨갛게 젖었고 귀, 턱선, 목을 따라 옷깃이 피로 물들었다. 고개는 늘 비뚜름히 꺾여 있었고 피부는 거의 푸르께해 보일 만큼 창백했다. 동우는 우리가 결혼한 그날, 침대에서 뒤로 자빠져 머리를 찧고 바닥에 널브러졌던 그 모습 그대로 몸을 일으켜 걸어 다니고 있었다. 피가 끊임없이 흘렀다. 옷이, 베개가, 이불이 피투성이가 되었다. 흰 쌀밥 위로 피가 뚝뚝 떨어졌다. 키보드 사이사이에 피가 새어들었다. 채 풀지 못한 이삿짐 상자들이 피로 얼룩졌다. 동우의 몸에서는 그야말로 한없이 피가 나오는 것 같았고 이대로 가다가는 온 집 안이 피에 잠길 것 같았다.

　그러나 피를 보는 건 나뿐이었다.

동우는 자신이 피를 흘리는 줄 몰랐다. 아닌 게 아니라 거울에 비친 동우, 사진에 찍힌 동우도 피를 흘리지 않았다. 남들도 동우를 다친 곳 하나 없는 멀쩡한 모습으로 보았다. 오로지 내게만, 내 눈에만 그렇게 보였다.

그러니까 나만 이 환각을 무시하면 모든 게 괜찮다는 뜻이었다.

나는 아무렇지 않은 척 동우를 대했다. 동우를 안을 때마다 옷소매가 피에 젖어서 남들에겐 깨끗해 보이는 옷을 자꾸만 빨게 되는 것을, 동우의 옆에 있을 때마다 피비린내가 코를 찔러 와 욕지기가 나는 것을, 동우의 피부가 너무 싸늘해서 닿을 때마다 소름이 돋는 것을, 동우의 창백한 얼굴과 기괴한 목의 각도를 볼 때마다 혐오감이 이는 것을 티 내지 않으려 안간힘을 썼다. 이건 환각이니까, 진짜가 아니니까.

따지고 보면 어디서부터 환각이었을까? 눈앞에서 피 흘리는 동우의 모습만 환각일까? 노부인을 만난 것도 환각이 아니었을까? 동우가 내 앞에서 죽었던 것도 환각이 아니었을까? 놀이터에서 통화하는 소리를 들었던 것도 환청이 아니었을까? 그 모두가 비현실적인 사건이었는데, 그중 어느 하나라도 현실이었다는 보장이 어디 있나?

미쳐 가는 것 같았다. 어째서 이런 일이 내게 일어난 건지 이해가 되지 않았다. 나는 사랑하는 남자와 결혼해서 행복해지려고 했을 뿐인데. 누군가에게 도움을 청하고 싶었다. 정신과라도 방문해 볼까 하는 생각을 안 한 것은 아니었다. 하지만 그러려면 내게 벌어진 일들을 설명해야 할 텐데, 말로 꺼낼 엄두가 나지 않았다. 깊이 생각하고 싶지도 않았다.

그렇게 시간이 흘러갔다. 우리의 신혼이 흘러갔다.

겉으로 보기에는 상상했던 그대로의 신혼이었다. 나는 학교에 나가고, 논문을 썼다. 동우는 카페 아르바이트를 하고 집에서 소설을 썼다. 우리는 함께 장을 보고 요리를 하고 늦은 저녁 술을 마시고 음악을 듣고 강변에서 산책을 하고 섹스를 했다. 가끔 친구들을 집으로 불러서 함께 술을 마셨다. 가끔 집회에 나갔다. 가끔 전시나 공연을 보러 갔다. 바쁘고도 평화로운 나날이었다. 적어도 나는 평화롭다고 생각하려고 노력했다. 내한한 어느 미국 밴드의 클럽 스탠딩 공연을 보면서 나는 동우와 나란히 서서 그의 어깨에 고개를 기댔다. 내 몸을 감춰 주는 어둠 속에서, 감춰지지 않는 비릿한 피 냄새를 느끼며, 나는 눈을 감고 클럽 전체를 울리는 노이즈 사운드에 귀를 기울였다. 그러면서 애써 생각했다. 나는 행복하다고. 이건 내가 바랐던 행복이라고. 이 모든 게 마음가짐에 달려 있는 것 아닌가? 어쨌든 동우는 살아 있었고, 우리는 계획했던 대로의 결혼 생활을 하고 있었다. 중요한 건 그것이다.

그 행복에 변화가 찾아온 건 결혼하고 석 달이 지났을 무렵이었다.

◇◇◇◇◇

　그해 겨울은 추웠다. 나는 뜨거운 물을 담은 탕파를 끌어안고서 좀처럼 풀리지 않는 논문과 씨름했다. 내 박사논문 주제는 플라톤 미학을 페미니즘으로 재전유하는 것이었는데, 근본적인 문제에 부딪혀서 진척이 되지 않았다. 플라톤 미학은 결국 여성 혐오를 바탕으로 이루어져 있었다. 영혼이 육체보다, 이성이 감정보다, 정신이 물질보다, 그리고 남성이 여성보다 우월하다는 세계관이었다. 나는 플라톤 미학이 오늘날 여성을 옭아매는 외모지상주의로부터 여자들을 자유롭게 해 줄 하나의 이론적 토대가 될 수 있다고 주장하고 싶었는데, 그의 이론이 도리어 여성 혐오를 두둔한다면 모순이 아닐 수 없었다. 지도교수도 처음부터 이 부분이 난점이 되리라고 지적했었다. 나름대로 타개책을 가지고 있다고 생각했는데 그게 잘 먹히지 않았다.

　어쨌든 논문에 온전히 집중하기도 어려웠다. 생계를 꾸려 나가기가 만만치 않았기 때문이다. 내가 학과 사무실에서 일하면서 버는 돈과 재단에서 탄 연구비를 합치면 겨우 한 사람 죽지 않을 정도의 돈이 나왔고, 거기에 동우가 아르바이트로 버는 돈을 보태서 생활비를 충당했다. 동우가 제대로 된 직장을 구한다면 훨씬 형편이 나아지겠지만 동우에게는 글 쓸 시간이 필요했다. 나는 애초

45

에 이 문제로 억울해하지 않을 자신이 있다고 믿고 결혼한 터였다. 동우가 돈을 별로 못 벌더라도 글을 쭉 쓸 수 있도록 지지하고 싶었으니까. 하지만 하루 종일 일하느라 논문은 들여다보지도 못하고 집에 돌아온 날, 동우가 베개를 피로 푹 적시며 저녁잠을 자고 있고 컴퓨터 앞 의자에는 피 한 점 떨어져 있지 않은 걸 보면 속이 상할 수밖에 없었다.

그러던 어느 날, 거실 소파에서 참고 자료를 읽고 있는데 서재에 있던 동우가 갑자기 뛰어 나오더니 내게 소리쳤다.

"됐어!"

"뭐가?"

"내 소설! 방금 번역가한테 연락이 왔어. 게재처를 찾았대!"

"정말?"

"어딘지 알아? 무려…… 《뉴요커》야!"

나는 소파에서 벌떡 일어났다. 동우가 환하게 웃으며 팔을 벌렸다. 피범벅이 된 얼굴에 띤 해사한 미소가 더욱 기괴해 보였지만 나는 신경 쓰지 않았다. 곧장 뛰어가서 그를 끌어안았다.

동우는 이제까지 단편소설을 여럿 써 왔고 곳곳에 투고했다. 그중 일부는 앤솔러지에 수록되기도, 웹진에 실리기도 했고, 작은 공모전의 우수작으로 선정되어 좋은 심사평을 받기도 했지만 그뿐이었다. 동우의 이름은 독자들에게 기억되지 못했고 청탁도 좀처럼 들어오지 않았다. 우리는 이 지지부진한 상황을 타개하기 위해서는 해외 문학계를 노려야 한다고 생각했고, 번역가를 고용해 동우의 대표작을 영어로 번역한 다음 해외 유수의 웹진들에 투고를 진행했다. 그 결실이 이제 나온 것이었다. 그것도 《뉴요커》 같은 초대형 잡지가 동우의 소설을 받아주다니, 기대 이상의 결과였다. 나 자신이 인정받은 것처럼 기뻤다. 그도 그럴 것이 내가 동우에게 이렇게 해 보라고 설득했고, 번역가를 찾고 작품을 고르는 과정도 쭉 함께했다. 동우의 소설에는 내 미학적 관점들이 반영되어 있기도 했다. 동우의 성공은 곧 우리 둘의 성공이었다.

"잘됐다, 진짜 잘됐어!"

"다음 주에 업데이트될 거래. 대박이지."

"내가 말했잖아, 너한테 한국이 너무 좁다니까. 이제 두고 봐, 너 스타 작가 되는 거 시간 문제야."

"너무 띄워 주지 마. 이걸로 뭐 인생 역전이 되진 않겠지. 아무튼 기쁘긴 하네."

동우가 머쓱하게 말했다. 나는 동우의 뺨에 입을 맞췄다.

"너는 내가 믿는 아름다움을 믿잖아. 그만큼 나도 네 문학을 믿어. 이 믿음에 자신감을 가져."

그렇게 말하는데 문득, 기억 속에 침전되었던 말들이 부옇게 떠올랐다.

**못생긴 거 누가 몰라.**

**불 안 끄면 섹스도 못 해.**

**나 같은 날건달 건져 주는 여자가 애뿐이라서…….**

입에서 피 맛이 느껴졌다. 불쑥 욕지기가 올라왔다. 나
는 몸서리를 치며 동우에게서 떨어졌다. 동우가 의아한
눈으로 나를 쳐다보았다.

"왜 그래?"

"아니야. 그냥…… 너무 감격해서, 그래서 그래."

나는 동우의 눈을 피했다. 그리고 화장실로 뛰어가서
차가운 수돗물로 입을 씻었다. 씻어도 씻어도 피 맛이 가
시지 않았다. 속이 울렁거렸다.

정신 차려, 여은진. 그건 다 꿈이었어. 나는 속으로 연
신 되뇌며 스스로를 다잡았다. 그러자 마음속에서 또 다
른 목소리가 들려왔다.

**그게 꿈이라면 이 피 맛은 뭔데? 너무 생생하지 않아?**

나는 스스로를 다그쳤다.

**이것도 착각이야. 환각, 아니 환미. 다 꿈이야. 정신과나
가 봐.**

**하지만, 하지만…….**

수많은 '하지만'이 머릿속을 가득 채웠다. 정신과에 간
다. 미친 사람이 된다. 결혼 생활에 문제가 있는 여자가
된다. 다들 수군거리겠지. 집에서 그렇게 반대하는 결혼
을 하더니 결국 정신과 약이나 먹는 신세가 됐다고, 은진

이 불쌍하다고, 언니는 연민을 가장한 경멸을 흘리겠지. 아니, 물론 나는 정신질환자를 경멸하지 않는다. 이 사회에 존재하는 정상과 비정상의 경계를 믿지 않는다. 광기를 터부시하는 건 케케묵은 편견에 지나지 않는다. 현대사회에서 누구나 조금씩은 미쳐 있다. 하지만, 하지만…… 세희는 격려하면서도 내심 꼴 좋다고 생각할 것이다. 남부럽잖게 잘 살 것 같더니 딱히 그렇지도 않네, 넓은 집도 소용없네, 하면서…….

나는 세면대에 차가운 물을 가득 받고 거기에 얼굴을 담갔다. 몇 초간 숨을 참으면서 머리를 식혔다. 마음속에서 치솟는 수많은 목소리들을 죽였다.

쓸데없는 생각은 하지 말자. 피 맛 좀 나는 게 뭐 대수라고. 동우의 소설이 《뉴요커》에 실린다는데.

◇◇◇◇◇

《뉴요커》지 게재는 동우의 성공을 알리는 서막에 불과했다.

《뉴요커》에 실린 동우의 소설 <아름다움에 관한 모든 것>은 폭발적 반응을 일으켰다. 한국의 외모지상주의, 성형 수술, 아이돌 문화를 풍자한 이 소설은 한국 문화와 그것이 세계에 미치는 영향에 관심이 많은 영미권 평단의 이목을 사로잡았다. 그들을 그토록 매료시키는 한국 대중문화의 명과 암을 가감 없이 밝혀 주는 동우의 독설적인 필치에 그들은 열광하지 않을 수 없었다. 동우의 소설은 환상을 깨부수면서 또 한편으로는 환상을 공고히 하는 작용을 했다. 동우의 소설은 K-컬처를 비판하면서 그 자체로 또 다른 케이-컬처가 되려 하고 있었다.

그것뿐이었다면 이렇게까지 센세이션이 되지는 않았을 것이다. 평단뿐만 아니라 대중의 관심이 집중된 까닭은 동우의 프로필 사진 때문이었다. 작가라면 제대로 된 프로필 사진이 있어야 한다고 내가 우겨서 찍은 프로필 사진은 내가 보기에도 정말 잘 나왔다. 검은 스웨터에 대비되어 더 하얗게 보이는 얼굴에 이목구비가 짙게 강조되었고 베이지색 머리카락은 신비로운 분위기를 풍겼다. 처음에는 소설과 함께 실린 그 사진이 SNS에서 유명 엔터테인먼트 기획사의 신인 남자 아이돌이라는 가짜 뉴스와 함께 퍼졌고, 그 사진의 주인이 어떤 소설가라는 사실이 밝혀지면서 오히려 더욱 크게 화제가 되었다. 동우와 동우의 소설은 갑자기 한국어권과 영어권 SNS에서 동시에 바이럴을 타고 무섭게 퍼져 나갔다. 조회수가 500만 회를 돌파했다. 외모지상주의를 비판하는 소설을 쓴 작가가 외모 때문에 바이럴이 된다는 아이러니가 또다시 평단의 주목을 받으면서 동우는 하나의 현상이 되었다.

동우의 책을 내고자 하는 출판사들의 연락이 빗발쳤다. 지금까지 쓴 소설들이야 준비되어 있으니 엮기만 하면 그만이었다. 동우는 굴지의 출판사에서 높은 선인세를 받고 소설집 출간 계약을 맺었고 그와 동시에 영국, 미국, 중국 번역 판권까지 팔아 치웠다. 책이 나오는 사이에 유명한 유튜브 채널의 섭외를 받아서 출연을 했고, 특유의 천진함과 시니컬함의 조합으로 인기를 얻어 동우가 나오는 '짤방'들이 만들어져 SNS에 유포되었다. 동우를 사랑하는 팬들이 속속 생겨났다. 출판사는 기회를 놓치지 않고 동우를 이런저런 언론 인터뷰와 방송 프로그램에 내보내고 행사를 추진했다. 더 많은 출판사의 청탁이 쇄도했다. 장편소설 계약도 맺었다. 계약과 관련한 업무들을 더 이상 스스로 감당할 수 없는 정도가 되어서 동우는 유명 작가들이 소속된 에이전시에 가입해 법무 전반을 위임했다.

이 모든 일이 반년 사이에 벌어졌다.

동우도, 나도 얼떨떨했다. 오랫동안 원고를 팔려고 여기저기 문을 두드리며 살았던 시간이 무상했다. 세상은 손바닥 뒤집듯 얼굴을 싹 바꿔 동우를 대했다. 어떻게 이럴 수가 있지? 동우가 잘 되리라고 믿고 기대했던 나였지만 이렇게 급작스러운 변화는 예상하지 못했다. 이것도 내 착란의 일환인 걸까 의심스러웠다. 하지만 동우가 계약금으로 나를 비건 파인 다이닝에 데려갔을 때, 우엉 퓨레를 곁들인 대체육을 먹고 디저트로 방아 레몬 타르트를 먹었을 때, 나는 이것이 착란이 아니라는 것을 알았다.

미각은 현실을 무엇보다 생생하게 느끼게 해 주었다.

"고마워, 다 네 덕분이야."

동우가 하얀 식탁보를 피로 적시며 다정하게 건넨 말에 나는 콧날이 시큰해졌다.

부정할 생각은 없었다. 나는 동우에게 많은 기여를 했다. 동우가 글을 쓸 수 있도록 물심양면으로 지원해 주었을 뿐만 아니라, 애초에 동우가 사람 외모의 아름다움에 대한 글을 쓰게 된 데에는 내 영향이 컸다. 우리는 서로 지적 영향을 주고받는 사이였고, 그것이 시너지를 일으켜 이토록 큰 성과를 이뤄 낸 것이다. 자랑스러울 수밖에 없었다.

다른 사람들의 눈에도 동우의 성공은 너무나 명백했다. 친구들에게서 하루가 멀다 하고 축하 연락이 왔다. 축하해. 정말 좋겠다. 이것 봐, 이대로 부커상까지 받는 거야. 너희 부부가 참 부러워. 이상적인 부부야……. 교류가 끊어진 옛 친구나 먼 지인도, 내 결혼 소식을 어떻게 알고서 연락을 해 왔다. 신문에서 봤어. SNS에서 봤어. 넌 어디서 그런 남편을 구했니? 잘생기고 능력도 좋고. 성공한 남편 둬서 좋겠다, 얘. 결혼식에 초대 좀 하지 그랬어. 그렇게 대단한 사람이랑 같이 사는 기분이 어떠니…….

헛웃음이 나올 만큼 세속적인 칭찬들도 섞여 있었지만 그래도 기분은 좋았다. 누구도 반박할 수도 의심할 수도 없는 성공이란 이런 거구나. 누구나 부러워하는 결혼이란 이런 거구나. 그래, 그러니까 문제는 나였다. 내 환각만 아니면 모든 게 완벽했다.

이제는 정말 이 빌어먹을 환각을 고쳐야겠다는 생각이 들었다. 여전히 정신과 문턱을 넘는 데에는 거부감이 느껴졌지만, 아무도 모르기만 하면 괜찮은 것 아닌가 하고 스스로를 달랬다. 남들에게야 아무 말도 안 하면 그만이고, 한집에 사는 동우에게까지 내가 약을 먹는 것을 숨기기는 조금 어렵겠지만 그래도 불가능한 일은 아니다. 의사를 믿고 치료를 하다 보면 결국 이 모든 환각은 나만의 비밀스러운 과거로 묻히고 나와 동우의 축복받은 결혼만이 자명한 현실이 될 것이다.

나는 인터넷 검색으로 평가가 괜찮은 정신과를 알아본 다음 남몰래 찾아갔다. 의사에게는 동우와의 싸움, 동우의 죽음, 노부인과의 만남 같은 것은 말하지 않고 다만 자꾸만 환각이 보인다는 이야기를 했다. 그리고 목표한 대로 내년에 졸업할 수 있을지 걱정된다며 논문에 대한 스트레스를 털어놓았다. 논문이 잘 안 풀리고 있는 것은 사실이었다. 챕터가 넘어갈수록 논리가 꼬이고 있었고, 참고문헌을 인용하는 기본적인 법칙도 자꾸만 틀려서 지도교수에게 핀잔을 듣고 있었다. 이 와중에 또 학회지는 발간해야 하는데 교수들은 원고를 안 주거나, 마감이 지났는데 말도 안 되는 수정 사항을 들이밀기도 하고……. 하염없이 쫓기는 기분이라고, 무거운 짐덩어리를 어깨에

지고 사는 기분이라고 의사에게 호소했다. 의사는 심각한 얼굴로 내 하소연을 듣더니 뭔지 모를 약을 처방해 주었다. 이것만 먹으면 다 해결되겠지, 나는 희망을 가지고 집으로 돌아갔다.

하지만 실망스럽게도, 약을 먹어도 환각은 사라지지 않았다. 남들은 아이돌로 오인할 만큼 잘생겼다고 하는 동우가 여전히 내게는 창백한 시체처럼 보였다. 침구, 옷, 수건이 실제로는 피에 젖지 않았다는 걸 알면서도 자꾸만 빨래를 하게 되는 것을 어쩔 수 없었다. 다만 예전보다는 평정심이 생겨서, 피를 보거나 피 냄새를 맡아도 혐오감이나 혼란을 덜 느끼게 되었다는 차이는 있었다. 이것만도 어쨌든 긍정적인 변화라고 생각했다. 새빨갛게 물든 베갯잇을 덤덤히 드럼 세탁기에 집어넣으면서 나는 노부인의 말을 떠올렸다. **앞길이 창창한 사내였는데, 제명대로 살았으면 대성했을 팔자였는데.** 과연 그 말이 옳았다.

◇◇◇◇◇

"부모님이 제부 데리고 집에 좀 오래."

언니가 전화해서 그렇게 말문을 열었을 때 나는 올 게 왔다고 생각했다. 어느 정도 예상하고 또 기대했던 일이었다. 애초에 동우가 너무 가진 게 없어서 결혼을 반대했던 것이었으니, 그가 작가로서 이만큼 잘나가게 된 지금은 생각을 바꿀 만도 했다.

"아주 용서하신 건 아니야. 너 그렇게 멋대로 결혼한 건 여전히 괘씸해하셔. 하지만 너랑 계속 이렇게 연 끊은 채로 살고 싶지 않다고 먼저 손 내미시는 거야. 너도 잘해."

언니가 덧붙였다.

"알았어, 언니. 동우와 상의해 볼게."

나는 승리감을 숨기며 짐짓 태연하게 대답했다. 상의해 본다고는 했지만, 내가 부모님과 척을 졌다는 데에 부채감을 갖고 있었던 동우는 당연히 오케이일 터였다.

사실 나는 내내 이 순간을 기다려 왔던 것 같았다. 부모님에게 인정받기를 아주 포기한 것이 아니었다. 나와 동우가 서로의 영역에서 충분한 성취를 이룬다면, 그래서 사회적으로 존경받는 입지에 이른다면 부모님이 우리 결혼을 인정하고 축하해 줄 수밖에 없으리라고 믿었던 것이다.

다만 그 순간이 이렇게 일찍 찾아올 줄은 몰랐다.

어떤 옷을 입고 갈지, 자신이 말실수를 하지는 않을지 전전긍긍하는 동우를 나는 너무 걱정 말라고 안심시켰다. 난생처음으로 마트가 아닌 백화점에서 장난감 모형처럼 예쁘고 반짝거리는 과일 바구니도 샀다. 보통 이런 자리에는 소고기 정도 들고 가야 하는 거겠지만, 비건인 우리의 신념을 부모님도 인정하고 납득해야 한다고 생각했다. 애초에 그 정도로 마음을 열 것이 아니면 우리를 부르지도 말아야 하는 것 아닌가?

그래도 부모님이 쓸데없는 소리를 할까 봐 못내 걱정
은 되었다. 부모님은 고아인 동우의 배경도, 작가라는 불
안정한 직업도 여전히 탐탁잖게 여길 터였다. 특히 아버
지는 속에 있는 말들을 가감 없이 툭툭 꺼내는 성격이었
기에 혹시나 동우를 업신여기는 말을 하지나 않을까 불
안했다.

하지만 그 걱정은 기우였던 듯했다.

어머니는 버섯전골과 캐비지롤을 냈다. "나 서방, 사실
내가 요리를 잘 못해서 식당을 예약할까 했는데, 그래도
우리 집에 한 번도 초대한 적이 없으니 꼭 집에서 식사를
해야겠다 싶더라고요. 둘이 비건이라고 해서 채식으로
준비했어."라는 어머니의 말에 아버지가 농담조로 덧붙
였다. "그래도 솔직히 말할 건 말해야지, 밀키트라고." 좌
중에 웃음이 퍼졌다. 부드러운 분위기에 동우도 한결 마
음을 놓는 듯했다. 조심조심 겉옷을 옷걸이에 걸고 손을
씻고 식탁 앞에 앉은 동우는 점차 자세가 느긋하게 풀어
졌고 표정도 편안해졌다. 그는 고개를 삐딱하게 기울인
채 피에 젖은 버섯들을 숟가락으로 건져 꾸역꾸역 먹었
다. 나는 이 피가 내 눈에만 보이니 몸 사릴 것 없다고 스
스로를 다잡으며 침착하게 밥을 먹었다.

대화가 이어졌다. 아버지는 여전히 동우를 내심 못마
땅해하는 기색이 조금씩 엿보였지만 어머니는 동우를 좋

게 보는 듯했다. 어머니는 워낙 세간의 화려한 유명세에 약한 편이었다. 어머니는 동우의 소설집 출간과 해외 판권 계약을 축하했다. 이어서 동우에게 딸을 보내기 어려웠던 부모 마음을 이해해 달라며, 지난 일은 너무 괘념치 말라고 말했다.

"괜찮습니다, 이제라도 저희를 이해해 주셔서 감사하지요." 동우가 점잖게 말했다. 그렇게 좋은 분위기에서 식사가 끝나갈 무렵, 어머니가 본론을 꺼냈다.

"그러면 이제 둘이 식을 올려야 하지 않겠어요?"

나와 동우는 서로를 마주 보았다.

"결혼식이요? 저희는 이미……."

"둘이서 조촐하게 이벤트한 건 알아요."

어머니가 우아하게 웃으며 말했다. '이벤트'라는 단어가 어색하게 식탁 위에 떨어져 내렸다.

"하지만 양가가 혼주로 참석하고 친척들을 초대한, 제대로 된 결혼식을 올려야지요. 당연히 했어야 하는 건데 너무 늦어졌네, 그렇죠? 나 서방 키워 주신 숙부님에게 우리 은진이도 감사 인사 드려야 하고."

동우의 자세가 다시 뻣뻣해졌다. 동우는 숙부와 사이가 좋지 않았다. 숙부에게 천덕꾸러기 취급을 받으며 자라다 스물두 살 때 집을 나왔고 이후로 연락을 일절 끊고 지내고 있었다.

나는 복잡한 심정이었다. 이제 와서 염치없게도 다시

결혼식을 올리라고 하고 혼주 행세를 하려고 드는 부모님이 어처구니없긴 했다. 우리가 우리끼리 우리답게 올렸던 결혼식을 장난 정도로 취급하는 것도 기분 나빴다.

하지만 은근히, 왠지 모르게, 반갑기도 했다.

부모님에게, 친척들에게, 세상 사람들에게 소리쳐 알리고 성대하게 축하받는 결혼. 이제 동우는 유명인이니까 더더욱 세상이 시끄럽겠지. 지금은 동우가 유부남인지도 모르는 사람이 많지만, 결혼 소식이 알려지면 더 많은 사람이 나를 부러워할 것이다. 내 선택이 옳았다는 것을 만방에 증명할 수 있겠지…….

침묵이 흘렀다. 경직된 분위기가 모두에게 감지되었다. 내가 입을 열려는데, 내내 조용히 있던 언니가 먼저 끼어들었다.

"내가 말했잖아, 엄마. 그건 좀 아니라니까."

그러더니 한숨을 쉬며 젓가락을 내려놓았다. 언니의 결혼반지에 박힌 큼지막한 다이아몬드가 주방 불빛 아래에서 반짝였다.

"'이벤트'라고 부르지 마요, 은진이도 나 서방도 기분 나쁠 거야. 나는 그 결혼식에 가 봐서 알아. 얼마나 멋지고 뜻깊은 결혼식이었는데. 둘이 이미 어엿한 부부라는 걸 인정해 줘야죠."

아버지가 불편한 듯 헛기침을 했다.

"그래도 그렇지, 나랑 너희 엄마가 참석도 못 했는

데……."

"그건 어쩔 수 없죠, 두 분이 반대했으니까. 안 그래, 은
진아?"

나는 얼이 빠진 채 눈을 껌뻑거렸다.

"음……."

"그리고 솔직히 엄마 아빠가 원하는 그런 결혼식이 얼
마나 힘들고 돈도 많이 들고 번잡스러운지 알잖아요. 나
는 그런 겉치레가 꼭 필요한가 싶더라고요. 은진이한테
는 어울리지도 않고."

그 순간 불쾌감이 들었다.

어울리지 않는다고? 뭐가 어울리지 않는데?

나는 언니의 가증스러운 속내를 알았다. 나를 위하는
척 말하면서 내가 받아야 할 응당한 몫의 관심과 인정을
빼앗으려는 심산이었다. 언제나 자기가 최고여야 하니
까. 감히 내가 언니보다 더 잘생기고 잘난 남편과 언니보
다 더 성대한 결혼식을 올려서는 안 되니까. 나는 언제나
언니 그늘에서 쭈그러져 있어야 하니까. 그게 나한테 '어
울리니까'.

늘 이런 식이었다. 언니는 미인이고, 야무지고, 살가웠
다. 언제나 부모님 눈에 차지 않는 선택만 하는 나와 달리
자기 앞가림 잘했고, 나처럼 뜬구름 잡는 학문에 파고드
는 외골수가 아니라 실리적 판단을 할 줄 아는 영리한 여
자였다. 그래서 언니는 늘 사랑받았다. 그리고 그걸 당연

하게 여겼다. 부모님의 사랑부터 주변의 관심까지 모두 자기가 독차지해야 마땅하고 나는 뒷전에 있어도 어쩔 수 없는 거라고 생각했다.

옛날 일이 떠올랐다. 고등학생 때, 나를 유난히 챙겨 준 남자애가 있었다. 청소를 도와주고, 내가 잘 못하는 체육 시험이나 과학 실습을 같이 준비해 주고, 내가 때로 점심을 혼자 먹으면 자기는 밥을 다 먹었으면서도 옆에 같이 있어 주고, 학원 가는 길에 동행해 주곤 하던 아이였다. 나는 나를 포함해 누구에게나 다정하고 배려심 있는 그 애에게 인간적인 호감을 느꼈다. 누구나 그랬을 것이다. 나는 그 호감을 소중히 간직하며 그 애에게 섣불리 다가가지 않고 적당한 거리를 두며 대했다.

그러던 어느 날, 그 애와 같이 학원으로 걸어가던 길에 언니가 나타났다. 대학교 1학년이었던 언니는 연보라색 원피스에 하얀 미니백을 메고 동그스름한 단발머리를 하고 있었다. 언니가 우리를 보더니 말을 걸었다.

**은진이 친군가 봐?**

**아, 안녕하세요.**

그 애는 얼굴을 붉혔다. 언니를 처음 본 남자애들은 누구나 그랬다. 그러자 언니는 실로폰처럼 맑게 울리는 목소리로 까르르 웃었다.

**와, 뭐야, 혹시 둘이 그렇고 그런 사이?**

나와 그 애는 동시에 아니라고 부인했다. 그 애의 목소리가 조금 더 컸다. 언니가 키득거리며 그 애의 핸드폰을 빼앗더니 자기 번호를 찍어 주었다.

**은진이한테 잘 대해 줘서 고마워. 나중에 연락해, 내가 맛있는 밥 사 줄게. 안녕!**

그렇게 언니는 사라졌다.

그 애는 내가 본 어느 때보다도 멍청한 얼굴을 하고 있었다.

1분, 언니가 내 친구를 송두리째 빼앗는 데에는 딱 1분이면 충분했다. 그날 이후로 그 애는 나를 알은체도 하지 않았다. 언니에게 홀딱 반해 버린 그 애는 더 이상 내가 알던, 누구에게나 친절하고 따스하던 친구가 아니게 되어 버렸다. 핸드폰 속 언니의 사진, 언니가 보내는 메시지 한 줄 한 줄에 집착하며 열에 들떠 있는 바보가 되고 말았다.

그리고 나는 알았다. 언니는 분명 그걸 즐겼다. 내가 가진 누군가의 작은 관심을 큰 힘조차 들이지 않고 자신에게로 돌려 버릴 수 있다는 사실을, 자신이 가진 그 권능을 즐기고 있었다. 나는 뻔히 알았다.

지금도 마찬가지였다.

"아니야. 엄마 아빠 말이 맞아."

나는 불쑥 말했다. 모두가 놀란 눈으로 나를 돌아보았다. 누구보다 동우가 놀란 눈치였다.

나는 아무렇지도 않은 투로 말을 이었다.

"이제부터 부모님과 우리 부부가 한 가족으로 잘 지내려고 하는 거잖아. 그러면 그에 맞는 절차도 필요한 것 같아. 우리도 부모님께 감사 인사를 드리고, 부모님도 우리에게 잘 살라고 해 주고. 안 그래, 동우야?"

"음, 그래, 그렇지."

동우가 마지못한 듯 말했다.

"동우가 이번에 다행히 잘돼서, 결혼식 추진할 여력도 있어요. 하지만 부모님이 비용 보태 주신다면 감사히 받을게요. 저희 혼수도 워낙 급하게 중고로 구한 터라서 가구도 다 낡았고 그래서요."

나도 언니가 받은 만큼은 받아 내야겠어. 언니는 하객들 스테이크 주는 호텔에서 했잖아. 형부네 식구들한테 비싼 예단도 쫙 돌렸잖아. 신혼여행은 포지타노로 갔잖아. 잠실 아파트도 부모님이 보태 준 거잖아. 근데 나는 불광동에 낡은 전셋집에서 겨울이라고 창문에 뽁뽁이 붙여 가면서 살고 있잖아. 이런 게 어딨어. 이런 게 어딨어! 나는 숫제 소리를 지르고 싶어지는 걸 꾹 참았다.

"그래, 알았다. 차차 얘기해 보자."

아버지가 그렇게 말하고 숟가락을 다시 들었다.

그걸 신호 삼아 우리는 밥을 마저 먹었다. 나는 천천히 캐비지롤을 베어 물었다. 언니는 밥을 더 먹을 생각이 없는 듯 보리차를 마시고 있었다. 그 모습을 보니 어쩐지 웃음이 났다. 자꾸만 실실 미소가 비어져 나오려 해서 나는 고개를 수그렸다.

◇◇◇◇◇

동우는 내키지 않는 기색이 역력했다.

그날 이후로 동우와 두 번째 결혼식에 대해 여러 번 대 63
화를 나눴다. 나는 동우로부터 의욕을 불러일으키려 애
썼지만 동우의 태도는 한결같았다.

"난 솔직히 별로 하고 싶지 않아. 원래 너도 그런 한국
적인 결혼식은 하고 싶지 않다고 했었잖아. 왜 갑자기 생
각이 바뀌었는지 이해가 안 가."

"갑자기가 아니라······."

"그래, 부모님을 위해서라는 거지. 그것까진 알겠어. 그
래서 나도 하기는 하겠다는 거야. 앞으로 너희 부모님과
잘 지내고 싶으니까. 하지만 내 숙부는······ 글쎄, 혼주 역
할을 해 주겠다고 할지 잘 모르겠어."

"말이라도 해 볼 수 있잖아. 그분도 막상 연락 받으면
기뻐할 거야. 어른들은 다 그래."

"언제부터 그렇게 어른들 입장을 잘 헤아렸어?"

동우가 입을 비쭉거리며 물었다. 나는 속이 답답했다.
왜 동우는 이해를 못 할까? 이건 다른 누구도 아닌 우리
부부를 위해서인데.

"어쨌든 최대한 간소하게 하자. 스튜디오 촬영 같은 거
추장스러운 건 생략하고. 너 사진 찍는 것도 싫어하잖아.

웨딩드레스도 괜히 돈 많이 들일 것 없지, 고작 30분 입을 옷에.”

나는 반박하고 싶었지만 할 말이 없었다. 웨딩드레스에 돈 들이는 것만큼 어리석은 짓은 없다고, 사진 찍는 건 싫다고 늘 말해 왔던 나였다. 하지만…… 기껏 두 번째 결혼식을 하는데, 세 번째는 없을 텐데, 나중 가서 후회하지 않을 만큼은 하는 게 좋지 않을까? 이상했다. 나도 나 자신의 마음을 합리적으로 설명할 수 없었다.

“음, 그래. 부모님하고도 얘기해 볼게. 너무 간소하게 한다고 하면 안 좋아하실 것 같긴 한데…….”

나는 그렇게 얼버무리며 핸드폰으로 웨딩플래너 업체 정보와 후기 들을 검색했다. 환한 조명을 받은 프랑스식 창문 앞에서 키스하는 신랑 신부의 사진이 핸드폰 화면을 꽉 채웠다.

◇◇◇◇◇

결혼식 날짜는 11월로 잡혔다. 강남의 한 웨딩홀을 예약했다. 동우네 집안에서 거의 보태 주지 않겠다고 하는데 언니네 부부처럼 호텔에서 하는 것은 아무래도 지나친 사치라는 결론이 나왔다. 그래도 다행히 동우의 숙부가 혼주를 맡는 것은 허락했다. 그분을 설득하는 과정도 지난했다. 동우가 나를 데리고 제 발로 숙부에게 찾아가 부디 결혼식에 참석해 달라고 사정해야 했고, 그 자리에서나 상견례 자리에서나 예단을 준비해 가는 자리에서나 서로가 불편하지 않을 수 없었다. 그럼에도 결혼식에 신랑 측 혼주석이 비어 있어서는 절대 안 된다고 내 부모님이 강경하게 나왔고 나도 그 입장에 동의했다. 신랑 측 혼주가 없는 결혼식이라니, 하객들 사이에 어떤 뒷말이 나올지 상상만 해도 끔찍했다.

그 외에도 동우와 얼굴 붉힐 일이 많았다. 나는 이 결혼식이 언니보다 더 성대하진 않더라도 그보다 못하지는 않기를 바랐다. 언니 신랑에 비해 내 신랑이 결코 뒤떨어지지 않는다고 생각했고, 하객들에게 그 점을 유감없이 보여 주고 싶었다. 여전히 동우를 못마땅하게 여기는 아버지는 심드렁한 태도였지만 어머니는 스타 작가를 사위로 삼게 되었다는 걸 주변에 자랑하고 싶어 했고, 그래서 나와 어머니가 주축이 되어 많은 것을 결정했다. 동우는 하객들에게 고기가 잔뜩 나오는 논비건 뷔페를 대접하는 것도, 부모님에게 값비싼 정장을 선물 받는 것도, 금진 언니 부부와 다 같이 가족사진을 찍는 것도, 결혼 앨범을 내는 것도, 예물 투어를 가서 다이아몬드 반지를 하나하나 껴 보는 것도 다 피곤하게만 여겼다. 심지어 다이아몬드는 채굴 과정이 비윤리적이라며, 꼭 천연 다이아몬드로 예물을 해야 하느냐고 반론을 꺼냈다. 강제 노동, 아동 노동, 산림 파괴, 토양 오염, 수질 악화 등등, 인간이 다이아몬드라는 광석을 캐내느라 생겨나는 문제가 한두 가지가 아니라면서……. 그런 동우의 무심하고 결벽적인 태도 때문에 나는 기분이 상할 수밖에 없었다.

그 와중에 논문은 난관에 봉착했다.

"은진 씨, 이거 중간 심사 못 가겠는데요. 이대로는 졸업 못 해요."

지도교수가 건넨 한마디에 마음이 박살 나는 것 같았다. 전체적으로 논문이 아니라 정념적인 사회 비평에 가깝다, 근거가 너무 미비하다, 플라톤 미학을 너무 자의적으로 해석하고 있다, 기존의 연구 성과들을 무시하는 경향이 있다……. 간단히 적용할 수 있는 종류의 의견들이 아니었다. 논문을 거의 바탕부터 뒤엎어야 했다.

막막하기 그지없었다. 왜 이렇게 된 거지? 나는 분명 확신이 있었는데, 어째서 글은 내 확신을 따라 주지 않는 거지? 교수의 지적들은 뼈아팠고 나는 반박할 수 없었다. 내가 공부를 해도 되는 사람이긴 한 건가?

나는 한동안 집에 틀어박혀 술을 마셨다. 복용하는 정신과 약이 늘어났다. 동우가 나를 달래 주었지만 별로 위로가 되지 않았다. 동우의 소설은 편집부에서 별다른 수정 요청도 없이 흔쾌히 받아들여졌고 교정 작업에 들어간 참이었다. 그런데 나는, 왜 나는?

만약 아름다움의 신이 있다면 그에게 배신당한 기분이었다. 신은 똑같은 아름다움의 진리를 나와 동우에게 일깨워 주고선 동우에게만 그 진리의 보상을 쥐어 주었다.

그게 도무지 납득이 가지 않았다. 동우와 나는 같은 신을 믿었고 그 믿음을 토대로 글을 썼다. 그런데 어째서 동우의 글은 온 세상의 찬사를 받고 내 글은 근본부터 부정당하는 것인가?

어느 날은 동우의 장편소설을 낼 출판사 대표의 초대로 저녁 식사 자리에 갔다. 그곳에서 나는 동우의 아내로, 그의 작품을 쓰기까지 큰 도움이 되어 준 지적 동반자로 소개되었다. 그 자리에 있던 대표도, 편집자도, 마케터도 모두 참 보기 좋다고, 역시 좋은 반려자가 있으니 좋은 글이 나오는 것 같다고 말해 주었다. 예전 같았으면 기뻤을 이야기였다. 하지만 이제는 속이 쓰렸다. 나도 내 연구에 큰 도움이 되어 준 지적 동반자로 동우를 누군가에게 소개할 수 있는 위치이고 싶었다. 이 사람이 바로 내가 사랑하는 남편이라고, 남편 덕분에 내가 이런 업적을 이룰 수 있었다고 자랑스럽게 말하고 싶었다.

그 대신 나는 집에서 남편이 흘린 피로 얼룩진 이불과 베개를 빨고 있었다.

동우는 요즘 내가 빨래도 샤워도 청소도 너무 자주 한다고, 혹시 결벽증이 생긴 것 아니냐고 조심스럽게 물었다. 나는 깨끗하면 좋지, 뭘 그러냐며 퉁명스럽게 대꾸했다. 가끔은 네가 흘린 피는 네가 치우라고 소리를 지르고 싶었다. 왜 내가 너를 뒷바라지해야 하느냐고 화를 내고 싶었다.

혼란스럽고 두려웠다. 내가 계획하고 상상했던 내 인생, 미래, 희망이 모두 흔들리는 기분이었다. 그러면서 동시에 조바심이 났다. 나도 어서 내 이름을 단 논문을 출판하고 박사를 달지 않으면 안 될 것 같았다. 아무리 확신이 없어도 어떻게든 논문을 수정하고 보강해야겠다는 생각이 들었다. 그런데, 어떻게? 돈도 벌면서 결혼식도 해야 하는데. 결혼식도 논문만큼이나 잘 해내고 싶은데.

그렇게 갈팡질팡하던 때, 동우의 장편소설이 출간되었다.

◇◇◇◇◇

출간 기념으로 북토크가 열렸다. 구립도서관 강당에서 300여 명의 독자를 모아 놓고 진행되는 행사였다. 나도 물론 누구보다 먼저 동우의 소설을 읽은 독자로서 그 자리에 참석했다.

나는 막연히 북토크라는 게 학회 같은 분위기일 줄 알았는데 전혀 달랐다. 유명한 라디오 DJ가 진행자를 맡아서 그런지, 연예인이 출연한 라디오 방송 같은 느낌이었다. 진행자는 동우의 드라마틱한 성공 과정에 대해 주로 물었다. 작품이 처음 번역되어 《뉴요커》에 소개되었을 때의 기분은 어땠나요. 그때도 이렇게까지 큰 반응이 일거라고 예상하셨나요. 첫 장편소설을 낸 소감은 어떤가요. 한국에 드문 미남 작가라는 타이틀을 얻으셨는데 여기에 대해 어떻게 생각하시나요…… 나는 이렇게까지 사적이고 캐주얼한 질문들만 해도 괜찮은 건가, 소설에 대한 깊은 문학적 이야기를 들으러 온 독자들이 실망하지 않을까 걱정했는데 의외로 그렇지 않은 것 같았다. 내 옆에 앉은 어떤 독자는 동우의 별스럽지 않은 대답 하나하나를 받아 적고 있었다. 여성 독자였다. 아니, 여기 온 300여 명의 독자 중 280명은 여자인 것 같았다. 그중에는 아주 어려 보이는 여자들도 있었다.

　도중에 진행자가 이런 질문을 했다.

　"작가님의 이번 소설에는 아름다움을 탐구하는 화가가 나옵니다. 이전 단편에서는 외모지상주의를 다루었고요. 작가님은 유독 아름다움에 관심이 많으신 것 같은데요, 그 주제에 관심을 가지신 계기나 동기가 있다면 무엇일까요? 작가님이 잘생기셔서 스스로를 탐구하시는 건가요?"

　진행자의 농담 섞인 질문에 좌중에 웃음이 번졌다. 나는 이유 모를 초조감에 입술을 깨물었다.

　동우는 보라색 오버핏 티셔츠에 와이드 팬츠를 입고 귓불에 큼지막한 타원형 피어싱을 하고 있었다. 작가라고 하면 흔히 떠올리는 점잖고 소박한 복장과는 다르게 입고 다니는 것도 동우가 인기를 끄는 이유 중 하나였다. 모두가 잘생겼다고 하는 동우가, 내 눈에는 기괴한 시체처럼 보이는 동우가, 미소를 지으며 말했다.

"그런 건 아니고요, 사실 제 아내가 미학자이거든요. 진정한 아름다움이 무엇인지 연구하고 있지요. 평소에 아내와 그 주제로 대화를 많이 나누면서 저도 영향을 많이 받았습니다. 제 작품 세계는 아내에게 빚진 것이 많아요."

응당 해야 할 말이었다. 동우가 이렇게 말하지 않았다면 내 몫을 박탈당한 기분이 들었을 것이다. 그런데 한편으로는 그 당연한 말에 속이 비틀렸다. 동우는 비꼬는 투로 말하고 있지 않은데도 비꼬는 것처럼 들렸다. 이게 뭐야, 나는 남편에게 영감을 주는 '뮤즈'인 거야? 카미유 클로델처럼? 클라라 슈만처럼? 고작 그 지위를 영광스럽게 여겨야 하는 거야?

"아, 그러셨군요. 책 끝에 실린 작가의 말에도 아내에 대한 감사의 말이 들어 있더라고요. 금실이 좋으신가 봅니다."

"그럼요. 오늘 이 자리에도 와 있습니다."

"정말요? 어디 계시죠?"

나는 얼굴이 뜨거워진 채 머뭇머뭇 손을 들었다. 사람들의 이목이 온통 내게 쏠렸다. 내 주위에 앉은 여자들은 대놓고 고개를 기울여 나를 쳐다보았다. 여자들, 여자들, 너무 많은 여자들……. 곱게 화장한 여자들, 하늘하늘한 시폰 원피스를 입은 여자들, 크롭티를 입고 허리를 드러낸 여자들……, 같은 여자의 겉모습을 노골적으로 평가하는 시선.

"안녕하세요, 잘 오셨습니다. 좋은 남편을 두셨네요. 어휴, 작가님 오늘 말 조심해야겠어요. 잘못 말했다가 집에 가서 혼나실 수도 있잖아요."

다시 웃음이 퍼졌다. 동우도 소리 내어 웃었다. 웃지 않는 건 나 혼자뿐인 것 같았다.

행사가 끝나고 화장실에 갔다. 변기에 앉아 아까 내가 느낀 감정에 대해, 여자들의 시선에 대해 골똘히 생각했다.

어린 시절에 겪었던 일들이 생각났다. 나는 따돌림을 당한 적은 없었다. 나는 언제나 공부를 잘했고, 나처럼 공부를 잘하는 아이들이나 잘하고 싶어 하는 아이들이 주변에 늘 있었다. 하지만 어떤 여자애들이 내게 보내던 은근한 경멸 섞인 눈초리는 생생했다. 내가 감히 낄 수 없었던 예쁘고 잘나가는 여자애 무리들도 기억났다. 여자애들이 하루 종일 주고받던 화장품, 패션, 연예인, 성형 수술 이야기도. 지긋지긋했다. 왜 여자애들은 저런 생각밖에 못 하고, 저런 이야기밖에 못 할까? 왜 그런 걸로 친구를 사귀고 친구가 될 수 없는 상대를 구분 지을까? 나는 그런 쓸데없는 것들에 관심을 주기보다는 책을 읽는 편을 택했다. 책 속에는 진짜 아름다움이 있었다. 나는 그걸 들여다볼 수 있는 눈을 가지고 있었다. 그런데 그 애들은 남들의 외모를 뜯어보고 품평하는 눈을 가졌다는 데에 긍지를 느끼는 것 같았다.

동우가 피를 흘리는 것도 못 알아보는 주제에.

그런 생각을 하고 있을 때, 칸 밖에서 어떤 여자들이 나누는 대화 소리가 들려왔다. 그 대화에 귀를 기울이며 나는 기억 속의 여자애들과 지금 내 주변의 여자들을 간신히 분리했다.

　"아, 오늘 재밌었다. 그치?"

　"근데 아까 봤어? 나동우 아내?"

　"봤지. 우리 뒤에 있었잖아. 완전 못생겼더라."

　"그러니까. 게다가 너무 뚱뚱하던데. 나동우 작가 대단해, 어떻게 그런 여자랑 결혼을 하지? 레벨이 너무 다르잖아."

　"나 같으면 솔직히 쪽팔릴 거 같아."

　"누가? 나동우가, 아니면 그 여자가?"

　"어, 글쎄? 둘 다 쪽팔리지 않을까?"

　웃음소리.

　"미학 공부한다는 것도 웃기지 않아? 사람은 다 자기가 못 가진 걸 갖고 싶어 하나 봐. 그렇게 못생겼으니까 아름다움 같은 걸 공부하고 싶어 하지. 나는 그런 학문이 있는 줄도 처음 알았어."

　"그래, 너 예쁘다, 예뻐."

　"아니, 나 자랑하려고 하는 말이 아니라……."

　그 뒤의 말은 두 사람이 화장실 밖으로 멀어져 가서 들리지 않았다.

　나는 숨을 죽이고 조용히, 아주 조용히 앉아 있었다.

　나는 못생겼다는 말을 들어 본 적이 별로 없었다. 진짜 못생긴 사람에게는 농담으로라도 못생겼다는 말을 하지 않는 법이다. 진짜 뚱뚱한 사람에게는 돼지라는 말을 하지 않는 법이다. 사람들은 내 앞에서 대체로 외모 이야기를 삼갔다. 예외가 있다면 가족이었다.

　내 부모님은 젊은 시절 학생 운동깨나 했던 엘리트였고, 자식에게 살을 빼라느니 좀 꾸미라느니 강요하는 것이 폭력적이라는 것까지는 모르더라도 최소한 자식에게 긍정적인 영향을 끼치지는 못한다는 것을 알고 있는 분들이었다. 그래서 가급적 자제는 했다. 하지만 언니와 나를 알게 모르게 비교하게 되는 것을 숨기지는 못했다. 너희 언니는 원피스도 잘 입는데 너는 왜 싫어하니. 너희 언니처럼 너도 얼굴에 뭐라도 좀 바르지 그러니. 너희 언니처럼 너도 줄넘기라도 좀 하는 게 어떠니. 주로 이런 식이었다. 엄마와 아빠가 나를 대하는 방식은 기만적이었다. 두 분은 내가 절대로, 죽었다 깨나도 언니처럼 예뻐질 수 없다는 걸 알았다. 그건 누구나 뻔히 아는 사실이었다. 그런데도 부모님은 은진이도 그만하면 충분히 번듯하지, 미인까지는 아니어도 귀여운 얼굴이지, 살만 좀 빼면 은진이도 예쁠 거야, 이런 식으로 말했다. 어렸을 때 나는 그 말이 소름 끼치도록 듣기 싫었다. 부모님은 못생긴 나

73

를, 있는 그대로의 나를 도저히 인정할 수 없어서 그렇게 말하는 것이니까. 다른 것도 마찬가지였다. 너도 공부 잘하는데 왜 미학 같은 걸 전공하려고 하니, 문과니까 금진이처럼 약대는 못 가더라도 경영대를 가지 그러니……. 너도 충분히 매력 있는데 왜 그런 남자를 만나려고 하니, 금진이처럼 회계사를 만나진 못하더라도 최소한……

그런데 서른이 넘은 지금에 와서 새롭게 깨달은 사실이 있었다. 그토록 듣기 싫어했던 말들을 내가 은연중에 받아들이고 있었다는 것이었다.

"신부님의 얼굴형과 목 라인을 보면 브이넥으로 하시는 게 어울려요. 가슴과 팔뚝이 고민이시니까 어깨부터 위팔까지 이렇게 덮어 주는 디자인이 좋죠. 목이 길어 보이고, 살은 가려지고, 이 비즈 장식들 때문에 허리는 가늘어 보여요. 어떠세요? 제가 보기에는 이 드레스가 가장 예쁜데요. 굉장히 잘 어울리세요."

드레스 숍 직원의 능숙한 설명을 들으며 나는 묵묵히 거울을 노려보았다. 내가 한참 말이 없자 언니가 옆에서 맞장구를 쳤다.

"내가 보기에도 그런 것 같아, 은진아. 정말 예쁘네. 사람이 달라 보여."

웃기지 말라고 쏘아붙이고 싶었다.

예쁘지 않았다. 거울 속의 나는 전혀 예쁘지 않았다. 그저 예뻐 보이려고 최선을 다한 못생긴 여자가 서 있을 뿐

이었다. 어떤 드레스를 입어도 못생겼는데 그나마 덜 못
생겨 보이는 드레스를 입은 여자. 아니, 오히려 더 못생겨
보이는 것 같았다. 옷이 너무 화려하고 압도적이어서 그
옷과 대조적으로 흉하고 초라한 얼굴이 눈에 띄기만 하
는 것 같았다. 이럴 바에는 차라리 넝마 차림으로 사람들
앞에 나서는 게 낫겠다 싶었다. 숍에 들어와서 옷을 입기
시작한 순간부터 이렇게 될 줄 짐작하고 있었다. 풀 메이
크업을 한 바비 인형 같은 직원들이, 나 혼자서는 도저히
입을 수 없는 하얗고 거대한 드레스의 코르셋을 조여 주
고 베일과 티아라를 씌워 주고 귀걸이를 달아 주는 동안
내내 나는 사라지고만 싶은 기분을 느끼고 있었다.

　내가 이렇게까지 못생겼다니. 이미 알고 있었다고 생
각했는데 아니었다. 그동안 나는 내내 이 사실에서 눈을
돌리며 살았던 것 같았다. 책을 읽으면서, 공부에 몰입하
면서, 외모를 중요시하지 않는 사람들하고만 어울리면
서. 나 정도면 그래도 괜찮다고, 꾸미면 더 예쁠 수도 있
는데 안 꾸밀 뿐이라고, 외모는 중요하지 않으니까, 그런
건 신경 쓸 필요 없으니까 괜찮다고 생각하면서.

　"은진아?"

　언니가 초조한 듯 내 어깨를 잡았다.

　나는 숨을 길게 들이쉬며 언니의 손을 내 손으로 덮어
내렸다. 그리고 직원을 돌아보며 빙긋 웃었다.

　"저, 좀 더 보고 올게요."

물론 거짓말이었다. 드레스를 더 볼 생각은 없었다. 이 상태로는 어떤 드레스를 봐도 그게 그거다. 그래, 이대로 결혼할 수는 없었다.

◇◇◇◇

내가 다이어트와 양악 성형 수술을 하겠다고 하자 부모님은 잘 생각했다고 했다. 특히 어머니는 결혼식을 올리기 전에 살도 빼고 가벼운 시술이라도 좀 받으라고 말하고 싶은 것을 내 눈치를 보느라 참고 있었는데 내가 먼저 말을 꺼내니 반기는 기색이었고, 수술비까지 보태 주겠다고 했다. 언니는 이상하다는 시선으로 나를 보았지만 괜한 말 꺼냈다가 싸우고 싶지 않았는지, "너답지 않네."라고만 하고 넘어갔다. 나는 진부한 드라마 대사처럼 "나다운 게 뭔데?"라고 되묻고 싶어졌다.

반대하고 나선 것은 동우였다.

"그게 무슨 소리야? 다이어트라니, 아니, 다이어트는 그렇다 치고 성형이라니? 너 미쳤어?"

나는 예상 밖의 격한 반응에 당황했다.

"왜? 나 신부잖아. 우리 결혼해야 하잖아. 예쁜 모습으로 결혼하고 싶은데 뭐 잘못됐어?"

"어떻게 네가……."

동우가 기가 막힌 듯 입을 어물거리더니 목소리를 낮추고 차근차근 말했다.

"은진아, 너 논문 때문에 스트레스가 너무 심한가 봐. 마음 가다듬고 천천히 다시 생각해 보자. 이건 말도 안 돼. 너는 이런…… 이런 미용 산업에 회의적인 입장이었잖아. 안 그래? 여성에게 강요되는, 여성의 신체를 구속하는 꾸밈 노동이라고, 진짜 아름다운 건 그런 게 아니라고 늘 말했잖아. 그런데……."

"사람이 어떻게 진짜 아름다움만 추구하고 살아?"

"뭐라고?"

진짜 몰라서 저러는 건가? 모르는 척하는 건가? 답답함을 넘어서 분노가 치밀었다.

"너도 진짜 아름다움만 추구해서 지금 성공한 거 아니잖아. 네 글만 좋아서 이렇게 잘된 거 아니잖아. 반반한 외모로 팬층 쌓아서 책 팔고 있으면서, 외모는 중요하지 않다고 말하는 건 너무 위선 아니니?"

"지금 진심으로 하는 말이야?"

"내가 틀린 말 했어?"

나는 눈을 부릅뜨며 동우에게 다가섰다. 피 냄새가 훅 풍겨 왔다. 사람들은 네가 피 흘리는 모습 못 보잖아, 너는 그 흉측한 꼴을 아무에게도 들키지 않고 살고 있잖아, 나도 그럴 권리가 있는 거 아니야? 이렇게 말하고 싶은 것을 애써 참았다.

동우가 충격받은 얼굴로 나를 마주 보더니 입술을 떨었다.

"여은진, 실망이다. 네가 내 글에 대해 그딴 식으로 말할 줄은 몰랐어."

나는 코웃음을 쳤다.

"네 글이 무슨 성스러운 경전이라도 되는 것처럼 말하네. 웃기다. 그 글에 깔린 사상, 아이디어, 다 나한테서 나온 거잖아."

동우가 입을 떡 벌렸다. 언제나 능청스럽게 달변을 늘어놓는 동우가 말문이 막힌 모습을 보니 속이 시원했다. 나는 뭔가에 씐 것처럼 주절주절 말을 이어 나갔다.

"솔직히 보기 안 좋아. 여자들이 자기 필요에 따라 성형수술하는 것 가지고 남자가 이러니저러니 하는 거, 완전 맨스플레인 같다고 생각 안 해? 지금 나한테 하는 것도? 내 몸에 대해 내가 선택하겠다는데 네가 무슨 권리로 막는 거야?"

동우가 주먹을 꽉 말아 쥐었다. 나는 팔짱을 끼고 동우를 뚫어져라 노려보았다. 우리 둘은 10초 정도 그렇게 굳어 있었다.

마침내 동우가 몸을 돌리더니 서재로 들어가 문을 탕 닫았다.

◇◇◇◇◇

언니의 도움을 받아 성형외과 몇 군데에서 견적을 내보았다. 그중에서 가장 현실적으로 말해 주고 후기가 좋은 곳을 선택해 수술 날짜를 잡았다. 양악 수술은 회복까지 시간이 오래 걸리니 일상을 멈출 각오를 해야 한다기에 방학으로 시간을 맞췄다. 그다음에 쌍꺼풀 수술과 피부과 레이저 시술을 진행할 계획이었다. 동시에 피트니스 센터에 다니며 운동을 하고 식단을 조절하기 시작했다.

　동우는 아무 말도 하지 않았다. 돕지도 않고 그렇다고 말리지도 않고 외면했다. 그럴 만도 했다. 무슨 말을 해도 내가 '맨스플레인'이라고 대응하는 데에는 승산이 없을 테니까. 내가 동우에게 너무 심하게 했나 싶기도 했지만 어쨌든 틀린 말을 한 건 아니니 사과할 필요는 없다고 생각했다. 그리고 막상 내가 예뻐지면 동우도 좋아할 것이다. 그건 틀림없었다. 예쁜 여자를 싫어하는 남자는 없다는 것이 내가 이제껏 언니를 지켜보면서 알게 된 만고의 진리였다.

　나도 예뻐질 수 있다. 이제껏 노력해 본 적 없으니까 이런 모습으로 살았던 것뿐이다. 한국 미용 산업이 얼마나 발전했는데, 돈과 시간만 들이면 누구나 예뻐질 수 있는 시대인데 나라고 왜 못 하겠는가?

　살은 쉽게 빠졌다. 탄수화물을 줄이고 단백질과 채소 위주로 식사하고 간식과 술을 끊고 운동을 병행하니 한 달 만에 8킬로그램이 빠졌다. 워낙 비만이었으니까 처음에는 쉽게 빠지겠지만 차차 감량 속도가 느려질 거라는 말은 들었다. 요요가 올 수 있다고도 했다. 하지만 8킬로

그램이 빠진 내 모습은 한눈에 보기에도 많이 달랐고 그 것만으로도 무척 뿌듯했다. 대학에 합격했을 때보다, 전액 장학금을 받았을 때보다, 연구비 지원 사업에 뽑혔을 때보다, 석사 논문이 통과되었을 때보다 뿌듯했다. 그런 추상적인 가치하고는 달리 손에 잡히고 눈에 보이는 결과물이 있다는 것의 쾌감은 엄청났다. 목표는 30킬로그램을 감량하는 것이었는데, 그중 4분의 1만 달성했는데도 벌써 길거리에서나 상점에서 사람들의 시선과 태도가 달라진 것을 느꼈다. 한결 친절하고 정중해진 것 같았다. 사람들이 나를 대하는 방식이 달라지자 내가 나 자신을 생각하는 방식도 달라졌다. 행복은 이렇게 가까이 있는 것이었구나. 이렇게 단순한 것이었구나. 고상하고 심원한 가치를 추구할 때에는 경험할 수 없었던 행복이.

오랜만에 상원의 가게에 들렀다. 우리끼리의 결혼식을 올렸을 때보다는 조금 덜 화려했지만, 여전히 이런저런 포스터로 도배되어 있고 빈티지 소품인지 쓰레기인지 모를 물건들이 가득 쌓여 있는 곳이었다. 이른 저녁 시간 손님은 없고 세희 혼자서 바 자리에 앉아 책을 읽고 있었다. 두 사람은 나를 보더니 놀란 표정이 되었다. 나를 오랜만에 본 사람들은 누구나 놀랐다. 나는 아무렇지 않은 척 미소 지으며 세희 옆으로 건너가 앉았다.

"오랜만이네. 잘 지냈어?"

"나야 늘 똑같지. 넌 좀 자주 와라, 왜 이렇게 얼굴 보기 힘들어?"

상원이 말했다. 세희는 별말 없이 하이볼을 마셨다.

예상은 했지만 둘 다 내가 살을 뺐다는 것에 대해 알은 척하지 않아서 내심 맥이 빠졌다. 타인의 몸에 대해서는 평가하지 않는 게 예의라고 생각하는 친구들. 내 선량한 친구들.

"나 요즘 결혼 준비하느라."

"결혼? 결혼을 또 해?"

상원이 눈을 둥그렇게 뜨고 물었다.

"아, 그게, 부모님이 친지들 모시고 하는 결혼식도 하라고 하셔서. 부모님이 동우를 사위로 받아 주기로 했거든. 잘됐지."

"아, 정말? 진짜 잘됐다. 동우가 한시름 놓았을 것 같아. 너한테 많이 미안해했잖아."

"그러게."

나는 요즘 나를 뜨악하게 대하는 동우를 생각하며 무심히 대답했다.

"아무튼 너희는 이미 결혼식 왔었으니까 이번엔 굳이 안 와도 돼. 번거롭잖아. 하지만 오겠다면야 우린 완전 오케이야. 축의금 안 줘도 돼, 그냥 밥만 먹고 가."

"야, 당연히 가야지. 너희, 우리 말고는 친구도 없잖아."

"죽을래?"

내가 상원을 때리는 시늉을 하자 상원이 킬킬 웃었다.

그러는 동안 세희는 내내 애매한 표정으로 우리를 지켜보고만 있었다.

나는 첫 번째 결혼식 뒤풀이 때 세희가 심술을 부렸던 걸 떠올렸다. 세희는 아직까지 우리 결혼이 고까운 걸까. 한 번도 모자라 두 번이나 결혼하는 사치를 부린다고, 역시 부르주아라 생각하는 걸까. 저렇게까지 내 행복을 시기하는 친구도 친구라고 할 수 있나. 나는 속이 상했다.

내가 뭐라고 한마디 하려던 차에, 세희가 검은 머리카락을 귀 뒤로 넘기며 무언가 결심한 듯 입을 열었다.

"나는 헤어졌어."

"어?"

"여자친구랑 헤어졌다고."

나는 할 말을 잃고 벙쪘다.

세희는 커밍아웃한 바이섹슈얼로, 4년이나 사귄 여자친구가 있었다. 이 사람 저 사람 짧게 만나며 방황하다가 마침내 한 사람에게 정착하나 싶었는데, 싸우지도 않고 잘만 사귀는 것 같았는데, 이렇게 갑자기 헤어졌다니.

"아니, 어쩌다?"

세희가 비쭉 웃으며 말했다.

"자기는 이제 남자랑 선보고 결혼해야겠다고 하더라. 결혼도 못 하는 여자끼리의 관계, 그만둬야겠대."

말의 내용보다도 그 말에서 짙게 묻어나는 냉소 때문에 나는 입을 다물었다.

뭐라고 위로를 하고 싶긴 했다. 그래서 간신히 궁색한 말들이라도 긁어냈다.

"……너무했다. 그래도 함께한 세월이 있는데. 한국에서 법적으로는 결혼이 안 되더라도 함께 정착하려고 하면 할 수는 있잖아. 의지의 문제 아닌가. 그런 사람인 줄 몰랐네."

세희가 나를 빤히 쳐다보더니 말했다.

"나도 걔가 그런 생각을 하고 있었는 줄은 몰랐어. 많이 놀랐지."

"갑작스러웠구나. 정말 놀라고…… 슬펐겠다."

"너는 어때?"

"어?"

세희의 날카로운 눈매가 나를 꿰찌를 듯했다.

"너는 네가 동우에 대해 다 안다고 생각해?"

나는 잠깐 숨을 멈췄다.

"그게 무슨 말이야?"

"혹시 알아, 네 남편, 네가 아는 사람이랑은 다른 사람일지."

내 남편이 내가 아는 사람과 다른 사람……?

가슴이 덜컥 내려앉았다.

세희는 혹시 아는 걸까? 동우의 또 다른 모습에 대해?

한순간에 수많은 생각이 머릿속을 스쳐 지나갔다. 세희가 비밀을 안다면? 그날 뒤풀이가 끝난 후 집에 돌아가지 않고 집 근처에 남아 있다가, 내가 동우를 죽이고 나와서 길거리를 떠돌아다니는 모습을 봤다면? 그래서 노부인과 대화하는 것까지 엿들었다면? 그리고…… 세희가 그 모든 것을 동우에게 말해 버린다면?

나는 천천히 세희에게 물었다.

"지금 그 말…… 비유적 표현이야, 직설적 표현이야?"

"둘 다야."

선문답을 주고받는 기분이었다. 그것도 아주 찝찝한 선문답을.

나는 목덜미를 타고 흐르는 식은땀을 느끼며 세희를 바라보았다. 세희는 그런 내 시선을 정면으로 받고 있었다. 그 표정을 읽을 수 없었다. 도전적이기도, 냉소적이기도, 의뭉스럽기도 한 눈빛의 진의를 전혀 파악할 수 없었다.

우리 둘 사이의 긴장을 보다 못한 상원이 바텐더답게 능숙하게 화제를 바꿨다. 세희는 다시 침묵에 잠겼고, 나는 상원과 함께 음악 이야기를 했다. 그렇게 고작 10분쯤 어영부영 보내며 제로콜라를 한 잔 마시고는 바를 나와 버렸다.

에어컨의 냉기를 빠져나가 무더운 망원동 길을 걷자니 피로감이 엄습했다. 예전처럼 이 공간이 편안하지 않았다. 여기야말로 내가 가장 나다울 수 있는 곳이라고 믿었는데, 그 확신이 퇴색되었다는 것이 서글펐다. 그리고 세희가 던져 준 찝찝함이 피부에 묻은 땀 냄새처럼 가시지를 않았다.

◇◇◇◇◇

수술을 무사히 마쳤다. 사흘간 입원 생활을 마치고 친정에 가서 지냈다. 얼굴이 엄청나게 부었고 머리도 못 감아서 꾀죄죄한 꼴을 동우에게 보이고 싶지는 않았기에 오지 말라고 했다.

일주일 동안은 액체로 된 음식만 먹어야 했다. 염증 없이 빨리 나으려면 잘 먹어야 한다는 말에 어머니가 두유와 배즙을 비롯해 온갖 주스를 챙겨 주었다. 어머니의 닦달에 못 이겨 고깃국 같은 논비건 유동식도 먹었다. 아이스팩을 댄 상태로 코피를 흘리면서 계속 자다 깨다 했다. 회복하는 동안 그동안 못 읽었던, 공부와는 상관없는 책이라도 많이 읽으려고 했는데 정신이 몽롱하고 숨 쉬기가 힘들어서 무엇에도 집중할 수 없었다.

일주일이 지났지만 붓기는 빠지지 않았다. 퉁퉁 부어서 괴물 같은 얼굴을 보며 나는 불안감에 사로잡혔다. 수술이 제대로 된 건지, 얼마나 예뻐진 건지 당장 확인하고 싶은데 그럴 수가 없어서 초조했다. 언니가 너무 걱정 말라고 달래 줬지만, 얼굴에 칼 한 번 댄 적 없이 늘 예뻤던 사람이 내 입장을 이해할 리 없다는 생각만 들었다. 나는 날씬한 몸과 날렵한 얼굴선과 커다란 눈망울을 가진 신부가 되어 웨딩홀을 가로지르는 상상을 하며 버텼다.

하지만 그 상상을 방해하는 것이 있었다. 수술 전 세희와 나누었던 대화였다. 그게 대체 무슨 뜻이었을까? 동우가 내가 아는 사람이 아닐 수도 있다는 게?

동우가 죽었던 날 만난, 동우를 되살려 주었던 노부인의 말도 자꾸만 머릿속을 맴돌았다. 모두 환각이라고만 치부하려고 애써 왔던 기억들이 생생하게 되살아나 나를 괴롭혔다.

**네 남편이 살아나면, 자신이 죽었다는 사실도, 죽게 된 이유도 기억하지 못할 게다. 그것을 절대 일깨우면 안 돼. 그 기억을 돌이키면 모든 것이 수포로 돌아간다.**

그 말을 들었던 게 환각이 아니라 진실이었다면, 내가 아는 다정하고 재능 있고 빛나는 동우가 진짜가 아니라 피 흘리는 추악한 동우가 진짜가 맞다면, 만약 세희가 그 진실을 알고 있다면, 그래서 동우에게 그것을 말해 버린다면. 그 바람에 모든 게 수포로 돌아간다면…….

안 된다. 절대로 그래서는 안 되었다. 내가, 우리가 어떻게 해서 여기까지 왔는데. 결혼식도 얼마 안 남았는데. 수술까지 했는데.

보름째 되는 날 집으로 돌아가기로 했다. 아직 붓기는 남아 있었지만 그래도 더 이상 어머니에게 신세 지고 싶지 않았다. 동우가 보고 싶기도 했다. 오래 떨어져 있으니 세희가 자꾸만 생각나서 불안했다.

계속 코와 입에서 피 맛이 나는 걸 느끼다 보니 피에는 익숙해진 기분이었다. 머리에서 계속 피를 흘리는 동우와 지금의 내가 그리 다르지 않다는 생각도 들었다. 그깟 피 좀 흘리는 게 뭐가 대수라고 그동안 결벽적으로 꺼려 했는가 싶었다.

다시 보면 잘 대해 줘야지, 그렇게 생각하며 나는 언니 차를 타고 불광동으로 돌아갔다.

◇◇◇◇

집에 돌아왔을 때 무엇보다 눈에 띈 것은 피칠갑이 되어 있는 집 안이었다.

바닥, 벽, 가구 표면 할 것 없이 온통 피가 묻어 있었다. 욕실에선 살인 사건이라도 일어난 듯했고 침대 시트는 원래 색깔이 무엇이었는지 알아볼 수조차 없었다. 사방에서 피비린내가 진동을 했다. 그 난리판 앞에서 나는 순간 아찔해져서 현관에 멈춰 섰다. 그동안 내가 청소를 하지 않았으니 당연하다면 당연한 일이었지만, 그래도 시각적으로 너무 끔찍한 광경이었다. 이런데도 이게 환각이라니 믿기지 않았다. 환각이라면 내가 볼 때만 동우가 피를 흘리고 있어야 하는 것 아닌가? 못 본 시간 동안에도 피를 계속 흘리고 있었다면, 그리고 그 결과가 이렇게 누적되어서 내 앞에 나타난 거라면, 이것도 환각이라고 할 수 있는 건가?

의사에게 이 이야기를 해야 할지 고민스러웠다. 약이

도무지 차도가 없으니 병원을 바꿔 봐야 하나 싶기도 했다. 이제 이런 당혹감을 동우나 남들 앞에서 숨기는 데에는 도가 텄는데, 이 태연함도 과연 약 덕분인지 아니면 그저 내가 익숙해졌을 뿐인 건지 알 수 없었다.

"얼굴 많이 부었네. 고생이다."

동우가 밖에서 사 온 야채죽을 차려 주며 말했다. 나는 턱을 조심조심 움직여 죽을 삼켰다. 겉으로는 아무렇지 않은 척 행동할 수 있어도 이런 집 안을 보니까 비위가 상해서 죽이 잘 먹히질 않았다.

"넌 그동안 잘 지냈어?"

"응, 나 온라인 국제 작가 교류 프로그램 때문에 그동안 바빴어. 화상 미팅도 맨날 하니까 힘들더라."

내가 쉬는 동안 동우는 바쁘게 지냈구나. 어쩐지 스스로가 한심하게 느껴졌다.

하지만…… 아니다. 성형 수술도 내게는 중요한 일이었다. 동우 혼자 바쁜 척은 다 하지만 그것도 결국 다 내 덕이다. 그리고 나도 예뻐지느라 바빴다. 이건 우리 모두를 위한 일이기도 하다. 나는 그렇게 마음을 다잡았다.

동우와 작가 교류 프로그램에 대해 이야기하고 있는데 식탁 위에 올려 둔 동우의 핸드폰이 네 차례 진동했다. 카카오톡 알림이었는데, 동우는 눈길만 슬쩍 주고는 굳이 확인하지 않았다. 그런가 보다 하고 죽을 마저 먹는데 뭔가 개운찮은 기분이 들었다.

그 개운찮은 기분의 정체를 그날 밤, 창문을 두드리는 장맛비 소리에 잠을 못 이루고 뒤척이고 있다가 문득 깨달았다.

평소에 동우는 카카오톡 메시지 내용이 푸시 알림으로 뜨도록 설정해 두었었다. 그런데 아까는 내용이 숨김 처리되어 있었다. 잠금화면만 봐서는 누구에게서 온 무슨 메시지인지 알 수 없도록.

별일 아닐 수도 있었다. 하지만, 내게 무언가를 숨기고 있다는 뜻일 수도 있었다.

잠시 망설였지만, 아무래도 무슨 메시지인지 한번 봐야겠다는 결심이 섰다.

나는 옆에서 잠든 동우를 내려다보았다. 숨소리만 들어서는 깊이 잠든 듯했다. 조그맣게 "동우야." 하고 불러보았지만 반응은 없었다. 나는 조금 더 기다려 보았다. 5분쯤 지나도 동우의 가슴은 평화롭게 오르락내리락하기를 반복할 뿐이었다. 나는 동우의 머리맡 충전기에 연결되어 있는 핸드폰을 조용히 뽑아냈다. 그걸 들고 살금살금 침실을 나가서 서재로 들어갔다.

책상 앞에 앉아 어둠 속에서 핸드폰 화면을 켰다. 무작정 가지고 오기는 했지만 잠금을 어떻게 해제해야 할지는 알 수 없었다. 동우가 어떤 비밀번호를 쓸까? 자신의 생일? 내 생일? 핸드폰 번호 뒷자리? 앞자리? 주민번호 뒷자리?

온갖 번호를 시도하는 동안 시간은 흘러갔다. 빗소리는 더 거세어졌다. 후드득 후드득 하는 소리에 이어 우르릉 쾅 하는 천둥까지 울렸다. 나는 마른침을 삼키며 머리를 굴렸다. 또 뭐가 있을까, 뭐가 있을까, 동우라면 대체 어떤 번호를……

그러다 불현듯, 얼마 전 망원동에서 세희와 나누었던 대화가 맥락 없이 머릿속을 스쳤다.


**"혹시 알아, 네 남편, 네가 아는 사람이랑은 다른 사람일지."**

**"지금 그 말…… 비유적 표현이야, 직설적 표현이야?"**

**"둘 다야."**

네가 아는 사람이랑은 다른 사람.

그때 나는 그 말이 혹시라도 동우의 죽음과 피에 관한 것일까 하는 걱정만 했다.

하지만 만약 그게 아니라면? 만약 그 말이…… 전혀 다른 의미였다면?

나는 설마설마하면서 동우의 핸드폰 잠금화면 위에 내가 잘 아는 여섯 자리 숫자를 입력했다. 세희의 생년월일.

그리고, 거짓말처럼 잠금이 해제되었다.

나는 멍하니 화면 속의 앱 아이콘들을 바라보았다. 카카오톡의 노란색 아이콘이 선명하게 눈에 들어왔다.

카카오톡 앱을 열고 문제의 메시지들을 찾는 것은 쉬

웠다. 그리고 그 내용도 간단명료하기 그지없었다.

세희: 오늘 은진이 온다고?

세희: 그냥 오늘 말해, 헤어지자고.

세희: 나 이런 애매한 상태로 오래 끌고 싶지 않아.

세희: 둘 중 하나만 선택해.

쾅 하는 천둥소리가 울렸다.

그리고 1초 뒤, 등 뒤에서 목소리가 들렸다.

"뭐 하는 거야?"

◇◇◇◇

나는 퍼뜩 뒤를 돌아보았다.

문간에 검은 그림자가 서 있었다. 그리고 일순간 번갯불이 서재 안을 환히 밝히면서 동우의 모습이 드러났다. 꺾인 목, 새하얗다 못해 파르스름한 얼굴, 피로 온통 얼룩진 파자마.

동우가 기이하게 기울어진 어깨와 두 팔을 흐느적흐느적 흔들며 내게로 걸어왔다. 나는 흠칫거리며 의자에서 일어섰다. 동우의 무표정한 얼굴이 코앞까지 닥쳐왔다.

"뭐 하는 거냐고."

동우가 재차 물었다. 나는 핸드폰을 쥔 손을 부들부들 떨면서 동우의 앞에 내밀었다.

"……봤어."

동우가 나와 핸드폰 화면을 번갈아 보았다. 그러다 입을 천천히 벌렸다가 다시 다물더니, 시선을 비스듬히 피한 채 침묵했다.

10초 정도의 침묵이 흘렀다.

나는 의자에서 옆으로 빠져나와 동우에게서 간격을 벌리고 섰다. 숨이 가빠 왔다. 동우의 몰골이 그 어느 때보다도 징그럽게 느껴졌다. 몸서리가 쳐져서 견딜 수가 없었다. 머리를 쥐어뜯으며 비명을 지르고 싶은 것을 간신히 참았다.

"해명 안 해?"

내가 따져 묻자 동우는 시니컬한 미소를 지으며 나를 응시했다.

"무슨 해명? 너도 그게 무슨 뜻인지 다 알잖아?"

나는 실소를 흘렸다.

"태도가 제법 당당하네? 내 친구랑 붙어먹어 놓고?"

동우가 팔짱을 꼈다.

"세희는 내 친구이기도 했어. 오히려 너보다는 나하고 더 가까웠던 것 같은데. 아니, 어쩌면 우리 모두 너하고는 별로 가깝지 않았던 것 같기도 해. 너는 그렇게 느끼지 않았어?"

"뭐라고?"

나는 얼이 빠진 채 핸드폰을 쥔 손을 서서히 내렸다. 흥분한 나와 달리 동우는 일종의 체념이 섞인 의연한 태도로 말했다.

"은진아, 나는 솔직히 잘 모르겠어. 우리 사이가 대체 뭔지. 너는 나를 사랑하기는 하니?"

"무슨 헛소리를 하고 있어! 바람피운 게 누군데……."

"아니, 내 말 잘 들어. 솔직해져 봐. 최근 1년간 네 행동이 어땠는지 돌아봐. 너는 나를 볼 때마다 흉측한 것을 보았다는 듯 얼굴을 찡그리거나 움찔거렸잖아. 요즘은 움찔거리지도 않고 아예 외면하더라. 그리고 내 성취를 질투하고 깎아내리기에 급급했지. 너는 대체 나하고 왜 살고 싶은 거야? 결혼은 왜 하고 싶은 건데? 부모님한테 보여 주려고? 남들한테 보여 주려고? 도대체 뭘 그렇게 보여 주고 싶은 거야? 남들이 왜 그렇게까지 중요한 건데?"

뒤통수를 얻어맞은 것 같았다. 나는 할 말을 잃고 멀거니 동우를 쳐다보았다.

"우리가 함께 그렸던 꿈, 이상, 그런 거 너는 이제 다 잊은 것 같아. 지금 너한테 중요한 건 외모뿐이잖아. 심지어 성형 수술까지 했잖아. 은진아, 너는 너무 많이 변했어. 갑자기 다른 사람이 돼 버렸어. 내가 사랑한 너는 아름다움에 진지하게 전념하는 미학자였어. 지금 넌 대체 뭐야?"

몸이 덜덜 떨렸다.

한마디도 반박할 수 없었다. 동우의 말은 모두 사실이

었다.

작년 가을, 우리가 결혼했던 날이 떠올랐다. 내가 입었던 새빨간 빈티지 비비안웨스트우드 드레스. 동우가 입었던 옛날 신사 같은 연미복. 우리가 우리 결혼식의 배경음악이 되기를 꿈꿨던 노래가 진짜로 장내에 울려 퍼졌던 것. 친구들이 요란하게 박수를 보냈던 것. 그들 앞에서 기나긴 키스를 나누었던 것. 머리에서 피를 흘리지 않던, 마냥 소년처럼 사랑스럽던 동우.

이제 와서는 아득히 먼 과거의 일처럼 느껴졌다.

그날 밤, 지금의 동우가 내게 한 것과 비슷한 질문을 나도 동우에게 했었다. 나를 사랑하기는 했냐고. 그 질문 앞에서 동우는 지금처럼 당당하지 못했다. 동우는 빌고, 애원하고, 사과하고, 용서를 구했다. 나를 붙잡기 위해서. 나를 달래기 위해서.

나는 그가 나를 사랑하기 때문에 그랬다고, 그렇게 생각하고 싶어 했다.

하지만 내 사랑은 그때 죽었다.

나는 동우를 바라보았다. 비뚜름히 꺾인 목, 붉게 젖어든 머리카락, 파리한 얼굴. 환각의 연속이었으리라고 치부했던 일들이 우르르 기억 속에서 되살아났다. 나는 깨달았다. 동우에 대한 내 사랑은 이미 죽었구나. 죽었는데 그에 대한 미련을 쥐고 살아왔을 뿐이구나. 흉측하게 일그러진 미련을.

부어오른 내 얼굴이 느껴졌다. 턱은 신경이 다 회복되지 않아서 여전히 감각이 얼얼했다. 하지만 내 의식은 어느 때보다도 또렷했다. 꿈에서 깨어난 것 같았다. 이대로 살 수 없다는 것을, 더 이상 이렇게 살 수는 없다는 것을 뒤늦게 알았다.

나는 노부인의 말을 다시금 떠올렸다.

**네 남편이 살아나면, 자신이 죽었다는 사실도, 죽게 된 이유도 기억하지 못할 게다. 그것을 절대 일깨우면 안 돼. 그 기억을 돌이키면 모든 것이 수포로 돌아간다.**

그렇다면, 돌이킬 수 있다는 뜻이었다.

망설임이 없지 않았다. 잠깐 나는 머뭇거리며 숨을 들이쉬었다. 이제부터 내가 하려는 일은, 진실을 그 자체로 감당하는 일이었다. 그건 결코 가볍지 않을 터였다. 거짓을 계속 껴안고 사는 것보다 훨씬 어려운 일이 될 것이다. 심지어 행복하지도 않을 것이다. 설령 가짜 행복이라 해도 지금까지 내가 누려 왔던 것은 행복이기는 했다.

그러나, 그럼에도 불구하고.

이미 알게 된 것을 모르게 할 수는 없었다.

결단을 내린 나는 조용히 입을 열었다.

"동우야, 너 우리 결혼식 날 기억해?"

동우가 못마땅한 눈에 의구심을 담아 나를 보았다. 또다시 우르릉 천둥소리가 울렸다. 동우는 천둥이 잦아들기를 기다려 말했다.

"기억하지. 너무 잘 기억해서 두 번째 결혼을 할 필요가 있는지 도무지 모르겠는데."

"그러면 그날 우리 집에서 뒤풀이했던 것도 기억해?"

"기억하는데, 왜?"

"그러면 그날 친구들이 돌아갔을 때 네가 배웅하러 나갔던 것도 기억해?"

동우의 얼굴에 초조감이 떠올랐다. 동우는 여전히 팔짱을 긴 채 손가락으로 팔뚝을 톡톡 두들겼다.

"그래."

"그때 너는 어떤 친구와 전화 통화를 했어. 그리고 그 친구에게 말했지. 내가 못생겨서 섹스하기도 싫다고. 하지만 내 돈 때문에 나랑 결혼했다고."

동우가 입을 떡 벌렸다.

"그게 무슨 말이야? 나는 그런 적 없어!"

"그런 적 있어. 내가 직접 들었어. 잘 생각해 봐."

나는 나지막이, 거의 상냥하기까지 한 목소리로 말을 이었다.

"나는 그 통화를 들었어. 그래서 너한테 따졌고, 너는 내게 잘못했다고 사과했어. 그리고 나를 달래려고 섹스를 하려고 했고, 나는 도중에 싫다고 거부했지만 너는 내 말을 듣지 않고 계속했어. 그래서 나는 너를 밀쳤고……."

동우가 미친 듯이 고개를 저었다.

"아니야, 아니야, 아니야."

"……너를 밀쳤고, 너는 침대 옆 협탁에 머리를 부딪혔고, 그래서……."

"아니야!"

"그 자리에서 죽었어."

동우의 얼굴이 경악과 공포에 질렸다. 그 얼굴이 가련했다. 그리고 이상하게도, 아름다웠다. 그 감정들이 너무 진실했기 때문인 것 같았다. 근래 동우에게서 본 가장 진실한 감정이었다. 이런 게 아름다움이었구나. 나는 오랫동안 잊었던, 아름다움에 대한 경외감을 느꼈다.

이윽고 동우의 얼굴이 거뭇해지기 시작했다. 살점이 조금씩 뭉그러지고 있었다. 달걀이 썩는 듯한 악취가 풍겼다. 동우가 자신의 시커메진 손을 내려다보더니 부들부들 떨었다.

"미친년, 지금 나한테 무슨 짓을……."

"나는 네가 죽었다고 말해 주는 거야. 왜냐하면 너는 죽은 사람이니까."

"아니야! 난 살아야 해! 난 아직 써야 할 소설이 있어!"

나는 고개를 설레설레 저었다.

"아니, 너는 돈과 명예를 좇아 여자를 이용하고 모욕하고 강간하려 하다가 죽은 남자일 뿐이야."

"아아아악!"

동우가 소름 끼치는 비명을 질렀다. 그의 몸이 급속도로 썩어들어 가면서 무너져 내렸다. 입과 코와 눈구멍에서 체액이 흘러나오고, 몸이 기괴하게 부풀어 오르고, 살점과 내장 조직이 시시각각 분해되었다. 그러는 동안에도 동우는 꿈틀거리며 계속해서 고함을 질러댔다. 동우의 입에서 무수한 욕설이 쏟아져 나왔다.

"이 거짓말쟁이! 머저리! 추녀!"

그렇다면 나는 진과 선과 미에 모두 위배되는 존재겠구나. 그 생각에 피식 웃음이 나왔다.

5분쯤 지나자 마침내 동우의 고함이 멈췄다. 괴괴한 정적이 흐르는 서재에는 뼈만 남은 동우의 시신이 덩그마니 누워 있었다.

나는 차분히 지갑과 핸드폰을 챙겨서 집을 나섰다. 어느새 비는 그쳐 있었다. 무겁고 눅눅한 여름밤 공기가 나를 맞아 주었다. 그리고 동우를 처음 만났던 날, 여성주의자들 앞에서 아름다움에 대한 강연을 했던 그날처럼 매미 울음소리가 들렸다. 소리가 들리는 곳을 무심코 찾다가 시선을 내려보니 길바닥의 물웅덩이에 떨어져 뒹구는 매미 한 마리가 보였다. 사체였다. 무심히 호출 앱으로 택시를 불렀다. 그 사체에서는 피가 흐르지 않았다.

목적지는 경찰서였다.

해마

김종일

나 이전에 창조된 것은 영원한 것뿐이니,

나도 영원히 남으리라.

단테, 『신곡 지옥편』

# 1. 손

"우리, 오래오래 잘 살겠다."

운전석의 시광이 차창 너머를 바라보며 중얼거린다. 와이퍼가 숨 가쁘게 휘돌아도 비의 장막이 곧바로 차창을 뒤덮는다. 차의 전조등이 비추는 도로의 차선도 이내 어둠과 빗줄기가 지워 버린다. 이 순간을 기억한다. 차 안의 축축하고 후텁지근한 공기와 차 천장을 두들기는 빗소리도 기억한다. 이다음에 이어질 시광의 말도…….

"왜, 비 올 때 이사하면 잘 산다잖아. 오늘처럼 비 오고 천둥 번개까지 치면 잡귀들이 겁먹고 이사 갈 집에 못 들어서 그렇단 말이 있거든. 손 없는 날 운운할 때 '손'도 사람 해코지하고 방해하는 악귀를 말하는 거고. 마침 오늘이 손 없는 날이거든."

시광은 대사를 읊는 배우처럼 내 기억과 토씨 하나 다르지 않은 말을 술술 내뱉는다. 그의 말은 틀렸다. 오늘은 손 없는 날이 아니다. 이제 곧 그와 나에게 찾아올 손을 기억한다. 말해야 한다. 그에게 당장 차를 돌리라고, 눈앞에 보이는 진출로로 빠져나가든 불법 유턴을 하든 피해야 한다고……

"부모님한테 정식으로 인사드리고 프러포즈까지 한 날, 날씨가 이러니 우리도 결혼해서 잘 살 거다 이 말이지."

온다. 손이 온다.

무서운 기세로 뒤따라온 빨간 BMW가 전조등을 번뜩이고 경적을 울려대며 우리 차를 스칠 듯 앞질러 간다. 손이다.

"봤어? 와, 이 날씨에 죽고 싶어 환장했나. 쟤도 오래는 못 살겠네. 그래, 가라, 혼자 일찍……."

멀어져 가는 BMW를 바라보며 시광이 혀를 찬다. 손이 혼자 가지 않고 돌아왔다는 사실이 기억난다. 시광이 부디 교차로 신호에서 세우지 말기를 바라고 또 바란다. 그러나 모든 과정이 바람과는 반대로 이루어진다. 교차로 너머에서 중앙선을 넘어 유턴하는 BMW가 보인다.

"뭐야, 저놈."

그가 거기까지 말했을 때, 나는 본다. 교차로 맞은편에서 신호를 어기고 중앙선을 넘어 미친 듯이 내달려 오는

BMW를⋯⋯. 그제야 입이 쩍 열린다.

"조심해!"

내 절규와 동시에 눈부신 전조등이 눈앞을 뒤덮는다. 뒤늦게 타이어 끌리는 소리인지, 비명인지, 피시테일로 이리저리 몸을 틀며 달려온 자동차의 충돌음인지 모를 굉음이 귀청을 찢는다. 손이 달려든다.

충돌 순간, 우그러드는 보닛과 BMW의 앞 차창을 뚫고 튀어나오는 손의 얼굴이 보인다. 희번덕거리는 눈빛과 히죽거리는 입이 섬뜩하기 그지없다. 운전석으로 날아온 손의 머리가 앞 차창을 꿰뚫고 들어온 순간, 내 얼굴에 피가 퍽 튄다.

번쩍, 눈을 떴다.

얼굴에 튄 피를 닦아내려고 미친 듯이 손을 허우적대다 서서히 현실 감각이 돌아왔다. 내가 있는 이곳은 시광의 차 안이 아니라 그와 나의 신혼집이었다. 내가 누운 슈퍼킹사이즈 침대와 드넓은 침실, 암막 커튼으로 가려진 창틈으로 새어드는 여름 햇살이 눈에 들어왔다. 그제야 안도의 한숨을 불어냈다. 또 그 악몽이었다. 벌써 사흘째였다.

1년 전 그날, 교통사고는 실제로 벌어진 일이었다. 시광과 나는 그 사고로 정말 죽을 뻔했다. 사고 직전 시광이 했던 말 또한 악몽에서와 똑같았다. 하지만 사고 직후의 상황은 사실과 달랐다. 사고를 일으킨 BMW 운전자는 차 창을 뚫고 나오지도, 시광과 부딪히지도 않았다. 시광이 죽지도 않았다. 무엇보다 사고 순간, 나는 의식을 잃었다. 다섯 시간 뒤에야 병원 응급실에서 깨어났으니 사고 직후의 기억이 있을 리 없었다.

**"기억의 공백을 창작으로 메우는 거 보니 역시 작가는 작가네. 근데 자기야, 그날 그 차도, 우리 차도 에어백이 터졌어. 가해자가 우리 차 차창까지 날아오려면 그 차와 우리 차 에어백부터 뚫었어야 한다, 이 말이지."**

어젯밤 잠들기 전에 슬쩍 악몽 이야기를 꺼냈더니 시 광은 그렇게 웃어넘겼다. 하지만 아무래도 그냥 웃어넘 길 일만은 아닌 듯했다. 엊그제에는 상대 차가 우리 차와 충돌하는 순간에서 끝났던 악몽이 어제는 BMW 운전자 가 우리 차 차창까지 날아드는 순간까지로 늘어났고, 오 늘은 우리 차의 차창을 뚫고 들어와 시광과 맞부딪히는 순간까지 이어졌다. 악몽의 끝은 시광의 끔찍한 죽음이 었다.

악몽의 여파로 지끈거리는 머리를 내저으며 침대 옆자 리를 돌아보았다. 빈자리. 시광은 출근하고 없었다. 몸을 일으키며 보니 침대 옆 협탁 위의 휴대폰 액정에 붙은 포 스트잇이 보였다.

밤늦게까지 열일하느라

고생했어 울 영이ㅜㅜ

푹 자고 개운하게 일어나서

오늘도 건필!

파이팅!ㅎㅁㅎ

시광이 손 글씨로 남긴 메시지였다. '파이팅' 뒤의 'ㅎ
ㅁㅎ'은 웃는 얼굴로 응원한다는 뜻의 이모티콘이었다.
읽는 동안 악몽의 찝찝한 뒤끝이 말끔히 가셨다. 아침잠
많은 내가 알림음에 깰까 봐 카톡이나 문자 대신 늘 포스
트잇 메시지를 남겨 주는 배려가 고마웠다.

전화를 한번 해 볼까. 그의 목소리가 듣고 싶어 휴대폰
의 단축키를 누르려다 손을 거두었다. 오전 9시 8분. 이
제 막 오전 진료를 시작해 한창 바쁠 때였다.

"시리야, 커튼 열어 줘."

침실 한복판으로 걸어가며 집 안 사물을 제어하는 AI
에게 말했다. 커튼이 양옆으로 열리며 침실이 환해졌다.
통유리로 된 창 너머로 보이는 풍경은 온통 한여름의 짙
은 수풀과 말간 하늘뿐이었다. 우리 부부의 신혼집은 시
부모에게서 물려받은 2층짜리 전원주택이었다. 결혼식
전, 처음 이 집을 보여 준 시광의 말이 떠올랐다.

**"뷰 어때? 자기 글쓰기엔 괜찮겠지? 코앞이 대형 마트
겠다, 우리 병원도 차로 30분이면 출근 가능이니 살면서
별로 불편한 것도 없고……. 정원이 넓어서 나중에 애기**

생기면 뛰어놀기도 좋겠지? 나머진 자기 취향대로 다 뜯어고쳐도 돼. 어때, 마음에 들어?"*

마음에 들다마다. 리모델링까지 한 이 집을 둘러보는 내내 자꾸만 헤 벌어지려는 입을 애써 다물며 속으로 몇 번이나 되뇌었는지 몰랐다. 혹시 이게 다 꿈 아닐까.

한부모 가정에서 태어나 수도 없이 집을 옮겨 다녔지만, 그때마다 가난은 붙박이장처럼 우리 모녀를 따라와 집구석에 자리 잡았다. 끊이지 않던 층간 혹은 벽간 소음, 비만 오면 빗물이 새던 천장과 얼룩덜룩한 벽면, 나프탈렌 냄새 가득한 화장실, 툭하면 막혀서 온갖 오물을 게워 내던 하수구, 몸에 배어 빠지지 않던 곰팡내……. 세 들어 살았던 집은 다 제각각이었지만 가난의 모양새는 다 거기서 거기였다. 학자금 대출을 받고 온갖 아르바이트를 전전하며 지방 대학을 나와 취업하면서 가까스로 살 만해질 즈음, 엄마에게 알츠하이머가 찾아왔다.

"시리야, 팀 맥모리스의 <Never Letting Go> 틀어 줘."

눈뜨기 무섭게 되살아나는 지난날의 그림자를 떨치듯 고개를 세차게 저으며 외쳤다. 아침부터 기분 망치는 주범은 악몽만으로도 충분했다. 팀 맥모리스의 <Never Letting Go>가 흘러나왔다.

너와 나, 우리는 운명이었지
내 영혼으로 그걸 느끼네

*내 영혼에서 그걸 느껴 봐*

*절대 헤어지지 않아, 너와 난*


잔잔한 피아노 전주와 팀 맥모리스의 담백한 목소리, 힘을 주는 가사에 기분이 한결 나아졌다.

통유리 창으로 쏟아지는 7월의 햇살을 받으며 스트레칭과 요가로 몸을 풀었다. 주방으로 나와 전자동 커피추출기에서 커피 한 잔을 빼서 돌아서다 식탁을 보고 멈칫했다.

"대박······."

대리석 식탁 위에 깔끔하고 먹음직스럽게 차려진 구첩반상과 영양제를 보니 절로 감탄사가 터져 나왔다. 심지어 영양제는 '식전'과 '식후'라 적힌 알약 케이스 두 개에 나뉘어 담겨 있었다. 역시나 시광의 작품이었다. 출근하기도 바빴을 텐데 언제 이런 진수성찬까지 준비했을까.


> 우렁신랑 같으니라고ㅋㅋㅋ
>
> 고마워요 진심


아침을 먹으며 시광에게 카톡 메시지를 보냈더니 몇 분도 지나지 않아 답장이 날아왔다.


> 날개옷 잃어버린 선녀 같으니라고ㅋㅋㅋ

## 천만에요 진심

아침상을 치우고 현관으로 나가 발코니에 둔 그릇의 고양이 사료와 물을 갈았다. 신혼살림 차릴 때부터 집 근처에서 길고양이 한 마리가 눈에 띄었다. 검은 털이 곱고 우아한 페르시안이었는데 깔끔한 위생 상태로 봐서는 유기묘 같았다. 유독 붙임성이 좋은 녀석이라 마음 같아서는 내가 집사가 되어 주고 싶었다. 시광에게 고양이 털 알레르기만 없었다면…….

"까비야, 밥 먹자. 까비!"

이름을 외치니, 어디에선가 후다닥 소리가 나며 고양이가 부리나케 달려왔다. 내가 멋대로 붙인 이름인데도 녀석은 저 부르는 줄 알고 금세 나타났다.

"많이 먹고 아프지 마."

그릇에 얼굴을 묻고 사료 먹는 녀석을 쪼그리고 앉아 지켜보다 말하자, 녀석이 대답이라도 하듯 고개를 들고 내게 소리 없이 입을 벙긋거렸다. 고양이는 배고프거나 기분 좋거나 어리광 부릴 때 사람이 듣지 못하는 주파수의 야옹 소리를 낸다고 들은 기억이 났다.

작업실로 돌아와 오전 글쓰기를 막 시작하려던 참에 문자 메시지 알림음이 울렸다. 내 앞으로 온 택배를 문 앞에 배송했다는 문자 메시지였다.

"시킨 게 없는데……."

시광이 어디서 뭘 주문했나? 고개를 갸웃거리며 현관문을 열어 보았다. 현관 앞에 놓인 커다란 스티로폼 상자가 보였다. 상자 위에 붙은 운송장을 보니 주문인은 시어머니였다. 두 손으로 들기에도 묵직했다. 낑낑대며 상자를 집 안으로 들여 거실 한복판에 놓고 열어 보았다가 깜짝 놀랐다. 상자 안에 가득한 내용물은 홍삼 녹용 진액이었다. 그득한 파우치 위에 놓인 꽃무늬 편지 봉투가 보였다. 봉투를 열어 보니 또박또박 예쁜 글씨로 써 놓은 편지가 나왔다.

우리 소중한 아가

글 쓰느라 고생 많지?

몸도 챙겨 가며 쉬엄쉬엄 해

이번에 아는 분 통해 내렸는데

네 생각이 나서 조금 덜어 보낸다

시광이는 열이 많으니 주지 말고 너만 먹으렴

서로 부담 안 되게 잘 받았다는 연락은 생략하자

우리 곁에 와 줘서 늘 고맙다, 아가


'조금 덜어 보낸' 정도로 보기에는 양이 엄청났다. 한눈에 봐도 200포는 족히 될 듯했다. 왈칵, 눈물이 차올라 편지를 든 채 천장을 올려다보았다. 드높은 천장에는 티끌 하나 없었다. 난생처음 받아보는 사람대접이었다. 죽는

날까지 마냥 구질구질하고 어둡고 우울한 진창길일 줄로
만 알았다. 적어도 시광과 만나기 전까지는 그랬다. 그런
데 시광과 결혼한 뒤로 인생 2막의 꽃길이 열렸다.

'완전 감동ㅜㅜ'이란 메시지에 택배 사진을 붙여 시광
에게 보냈다. 잠시 후 시광에게서 전화가 걸려왔다.

"어, 자기야. 바쁜데 이따 찍어 보낼걸."

— 괜찮아, 막 회진 끝내고 커피 한잔하려던 참이야.

"어머님 때문에 고마워서 어째."

— 지난번에 자기 보시고 안 그래도 마른 아이가 요새
글쓰기 힘든지 뼈만 남았다고 한걱정하시더라. 홍삼이나
녹용이 자기한테 맞을지 슬쩍 물어보시기에 괜찮을 거라
고 했더니 바로 보내셨네.

"자기도 알았구나? 아무튼 자기랑 결혼하고 감동에 눈
물 마를 새가 없다니까. 아침상도 그렇고⋯⋯."

— 눈물까지야⋯⋯. 수분 손실 나니까 나중을 위해 아
껴 둬. 아직 자기한테 줄 게 많이 남았으니까. 홍삼은 자
기 요새 소화 잘 안 되니까 공복에 먹지 말고 식후에 먹
어.

"그럴게요, 쌤. 어머님한테 진심 감사하다고 전해 드려.
부담된다고 받았단 연락도 하지 말라 하셔서 내가 전화
드리기도 뭣하네."

— 드리지 마. 그런 인사치레 질색하시니까. 답례로 뭐
드릴 생각도 하지 말고⋯⋯.

"안시광 쌤, 독심술 진료도 하시나요? 안 그래도 보답을 뭐로 해야 하나 벌써 고민 중이었는데……."

— 멋진 작품으로 보답하면 돼. 엄마가 자기 소설 찐팬이시잖아. 지난번에도 신작 언제 나오느냐고 넌지시 물어보시더라. 이번 것도 일종의 조공이자 무언의 독촉이야. 잘 먹고 얼른 쓰라는…….

"아, 이거, 찐독자님 조공이 너무 과분해서 부담 백배인데."

— 부담 없이 내려놓고 써도 잘 쓰시잖아요, 구회영 작가님. 부담 느끼지 말고 쓰라고 준 거야. 그건 그렇고, 간밤엔 악몽 안 꿨어?

"어……. 오랜만에 세상모르고 푹 잤어. 자기 나가는 줄도 몰랐다니까."

후자는 사실이었지만 전자는 선의의 거짓말이었다. 이렇게 분에 넘치는 대접을 받고 살면서도 악몽을 꾼다니 배부른 소리였다.

— 다행이네, 안 그래도 PTSD인가 싶어 걱정했는데……. 아까도 자는 거 실컷 보고 왔는데 벌써 보고 싶네, 우리 마눌. 아무래도 나 자기한테 중독됐나 봐.

"아무튼 중증이라니까……."

시광의 너스레에 웃음이 터져 나왔다. '마눌'이 오래전에는 왕비나 주인을 뜻하는 극존칭이었다며 시광은 나를 곧잘 '마눌'이라 부르곤 했다. 이토록 행복해도 되나 싶은 나날이었다. 매일같이 되풀이되는 악몽만 빼면…….

"다 좋을 수 있나. 그렇다고 죽는 것도 아닌데 까짓 거……."

마음이 뒤숭숭하고 찝찝할 때 중얼거리는 자기최면 주문이었다. 주문을 외며 서너 번 심호흡하고 나니 한결 마음이 편해졌다. 1년 전 사고에서 시광은 죽지 않았다. 반년 뒤로 잡았던 결혼식을 나중으로 미루자는 내 말에도 그는 극구 반대했다.

**"자기야, 비 온 뒤 땅이 굳어진다고, 힘들 때 합쳐야 서로한테 더 힘이 되고 사랑도 커지는 거야."**

그러니 이토록 행복한 신혼생활도 가능했다. 악몽 따위는 이 행복에 손톱자국도 못 내는 헛것에 불과하다.

"자, 이제 또 슬슬 즐거운 집필을 시작해 볼까요."

커피 한 잔을 또 내려와서 집필실 작업 책상에 머그잔을 내려놓고 허먼밀러 에어론 의자에 앉았다. 몇 달 전 매니지먼트인 이터널과 계약한 웹소설 <흑막 대공의 신부에 빙의했다> 36화를 쓸 시간이었다. 내 전작 <시한분데 영생 공녀로 환생했습니다만>이 굵직한 웹소설 플랫폼에서 대박을 터뜨리고 매출액도 억대를 넘기면서 매니지먼트의 대우도 대번 차원이 달라졌다.

**"작가님, 혹시 신작은 준비되셨을까요?"**

머릿속의 이야기가 채 무르익기도 전에 기획안을 독촉했고 샘플 원고와 기획안을 넘긴 다음 날, 담당자는 눈이 휘둥그레지는 조건으로 계약서 초안을 보내왔다. 계약은 곧장 집필로 이어졌다. 늘 뭔가 걸림돌이 생겨 순탄치 않았던 전작들에 비하면 일사천리 탄탄대로였다.

집필실 통유리로 내다보이는 여름 풍경을 배경으로 해 피해킹 하이브리드 키보드를 두드리기 시작했다. 창밖에서 들려오는 매미 소리는 집중력 향상용 ASMR이 되어 주었다. 한참 글쓰기에 빠져들어 키보드와 물아일체가 될 즈음, 시야의 한구석에서 위화감이 느껴졌다.

"뭐지?"

눈을 들어 통유리 창 너머를 살폈다. 바깥쪽 창턱 왼편 모서리에서 뭔가 움직였다. 자리에서 일어나 유심히 내다보니 그것은 진한 황금빛의 매미 번데기였다. 이제 막 성충이 껍데기 속에서 머리부터 빠져나오며 탈피하는 중이었다.

워낙 외진 산자락이라 새나 곤충이 날아들거나 길고양이가 창가에 올라와 놀다 가는 일이 없지는 않았다. 하지만 매미 번데기가 나무 기둥 대신 내 집필실 창턱에 달라붙어 탈피하는 광경은 난생처음 보는 일이었다.

"대박……!"

좋은 징조였다. 이따 시광에게 보여 줄 생각으로 휴대폰을 들고 카메라 앱의 녹화 버튼을 눌렀다.

"놀랍고도 진귀한 장면 포착. 뭐게? 바로바로 탈피하는 매미. 짜잔, 자기도 보이지? 나도 처음 봐. 벌써 절반쯤 빠져나왔어. 너무너무 신기해."

매미가 놀랄세라 소곤소곤 목소리를 낮춰 가며 매미의 탈피를 휴대폰 카메라에 담았다. 번데기에서 날개까지 빠져나온 매미가 기지개 켜듯 기역 자를 그리며 허리를 폈다. 매미가 젖은 날개를 서서히 펼쳐 햇볕에 말리는 광경은 그 자체로 경이로웠다.

"땅속에서 무려 5년을 유충으로 보낸 매미가 마침내 허물 벗고 날아갈 채비를 하는 역사적인 순간……. 와, 대박이다, 정말."

감탄사가 절로 나왔다. 너도 나랑 같구나. 기나긴 지하 생활에서 벗어나 케케묵은 껍데기를 벗고 화려한 새 삶을 시작하는 타이밍. 동지애마저 느껴질 정도였다. 버거웠던 굴레에서 벗어나 전성기를 맞은 매미의 앞날을 축복하며 응원하고 싶었다.

그때였다. 어딘가에서 뭔가가 매미 쪽으로 휘리릭 날아와 앉았다. 사마귀였다. 매미보다 몸집이 갑절은 더 커보이는 사마귀는 갈고리 같은 앞다리로 매미의 몸통을 꽉 그러쥐고 매미가 옴짝달싹 못 하게 들러붙었다.

"뭐, 뭐야……."

그대로 굳어 버린 내 손에서 휴대폰이 툭, 바닥으로 떨어졌다. 떨어진 휴대폰이 내 발등을 찍었지만, 아픈 줄도 몰랐다.

사마귀가 눈앞의 먹잇감을 집어삼키기 시작했다. 무방

비의 매미 머리부터 여유롭고 무자비하게……. 사마귀가 두 쌍의 턱을 움직일 때마다 매미의 여린 머릿속이 뭉텅 뭉텅 뜯겨 나갔다. 사마귀가 머릿속은 물론, 눈알까지 야금야금 파먹는 와중에도 매미는 맥없이 다리를 버르적거릴 뿐이었다.

소름 끼치는 소리가 통유리를 뚫고 들어왔다.

아작아작…….

## 2. 재경험

"자긴 어디 있었어?"

시광이 물었다. 식탁 앞에서 저녁을 먹던 참이었다.

"무슨 말이야?"

"악몽 속에서, 어디 있었냐고."

아, 하필 지금……. 밥술을 뜨다 말고 그를 보았다. 안 그
래도 식탁에서 한 발짝 떨어져 있던 입맛이 아예 싹 달아
나 버렸다.

하루 종일 책상 앞에 매달려 키보드와 씨름했지만 끝
내 1화도 쓰지 못했다. 사마귀가 탈피하던 매미를 산 채
로 뜯어 먹는 광경을 본 뒤부터 글이 전혀 손에 잡히지
않았다. 못내 부정하고 못 본 척하려 했던 초조와 불안이
눈앞에 실체가 되어 나타난 듯했다. 사마귀는 어쩌면 악

몽에서 시광이 들먹였던 손의 현신이었는지도 몰랐다.

"뜬금없이 그건 왜 물어?"

"그냥 뜬금없이 궁금해서."

시광은 무심히 손에 든 돼지갈비에서 고깃덩이를 앞니로 물고 뜯었다. 그의 탐식과 아까 매미 머리를 뜯던 사마귀의 포식이 한데 겹쳤다. 병원에서 그가 퇴근하면 저녁 식탁에는 꼭 고기반찬을 빠뜨리지 말아야 했다. 결혼 후 달라진 점 중 하나였다. 결혼 전, 고기를 별로 좋아하지 않는다고 했던 그가 결혼 후에는 '남의 살'을 씹어야 하루 동안 쌓였던 스트레스가 풀린다며 말을 바꾸었다.

"당연히 자기 옆에 있었지."

"난 죽었는데 자기는 무사했어? 털끝 하나 안 다치고?"

무심한 듯 끈질기게 파고드는 화법도 결혼 전과 달라진 점이었다. 평소에는 그러려니 넘겼지만, 오늘은 듣기 껄끄러웠다.

"자기야, 나…… 밥 먹을 땐 그런 얘기 안 하고 싶은데……."

"아, 미안. 내가 괜한 얘길 꺼냈네. 아무튼 이 입이 방정이야, 입이……."

시광이 제 입을 때리는 시늉을 하고는 왼손을 뻗어 식탁 위의 내 손등을 어루만졌다. 평소 같으면 그의 손길만으로도 누그러졌을 기분이 오늘따라 도리어 더 날을 곤두세웠다. 슬그머니 손을 거두어 식탁 밑 다리 위로 내렸다. 시광이 그런 나를 빤히 바라보았다.

"무슨 일 있었구나."

"아니, 아무 일 없었어."

악몽에서 사고를 낸 가해자가 우리 차 차창을 뚫고 들어와 시광과 한 덩어리가 되었고, 집필실 창턱에서 탈피하던 매미를 난데없이 날아온 사마귀가 머리부터 발끝까지 배불리 먹어 치웠으며, 그 뒤로 글이 안 써져 한 글자도 못 썼고, 지금은 당신의 말 한마디 한마디가 손거스러미처럼 거슬린다는 말은 차마 하지 못했다.

"아무 일 없는 얼굴이 아닌데."

"아무 일 있는 얼굴은 어떤 얼굴인데?"

"지금 자기 얼굴. 간밤에 세상모르고 잤단 말…… 사실은 아니지?"

정답이었다. 하지만 더는 그와 말을 주고받기 싫어져 수저를 내려놓고 자리에서 일어섰다.

"미안, 먼저 일어날게."

황급히 따라 일어선 시광이 돌아서던 나를 뒤에서 끌어안았다.

"아까부터 얼굴이 어두워서 짐작은 했어. 악몽 얘기도 그래서 꺼낸 거고……."

귓가에 속삭이는 그의 중저음 목소리도, 몸에 딱 맞는 모피 코트처럼 착 감기는 그의 백허그도 오늘만큼은 어쩐지 거북했다. 게다가 말할 때마다 훅훅 풍기는 돼지갈

비 냄새 때문에 속이 다 울렁거렸다.

"부부가 왜 부부게. '부'와 '부'가 둘 다 외다리 글자라 혼자선 못 서 있거든. 저 사진 속 우리처럼 서로 손잡고 나란히 서서 균형을 맞추라고 '부부'가 된 거야. 봐 봐, 정말 부부란 단어처럼 보이지 않아?"

시광이 거실 벽의 웨딩 액자를 가리켰다. 해 뜨는 갈대밭을 배경으로 턱시도 입은 시광과 치맛단 짧은 웨딩드레스를 입은 내가 손을 맞잡고 두 팔을 벌리며 활짝 웃고 찍은 사진이었다.

"부부가 아니라 뷰뷰처럼 보이는데……."

마지못해 내가 대꾸하자, 시광이 콧바람을 불어 내며 웃었다. 귓불을 간질이는 콧바람도 신경 쓰였지만, 고개를 돌리지는 않았다.

"그날 사고 때 BMW를 몰았던 미친놈은 사고 순간에 차 밖으로 튕겨 나와 그 자리에서 죽었어. 조수석에 타고 있던 그놈 여친도 중상 입고 병원에 실려 갔고……. 자기도…… 알지? 근데 난 무사했어, 그게 팩트야."

"그거야 나도 알지. 근데…… 꿈에선 모르겠어."

"그러니까 꿈인 거야. 팩트가 아닌 나이트메어. 우리 마음씨 곱디고운 구회영 마눌님한테 그날의 PTSD가 뒤늦게 몽마로 찾아왔나 보네. 그 악몽, 며칠째지?"

어제도 악몽을 꾸었다고 단정 짓고 묻는 그에게 나도 더는 아니라고 둘러대지 않기로 했다. 곰곰이 더듬어 보앗다. 하루, 이틀, 사흘⋯⋯.

"일주일째."

"어이쿠, 그 정도면 심각하네."

"괜찮아지겠지."

시광이 백허그를 풀고 내 앞으로 다가와 나를 바라보고 섰다. 손을 뻗어 내 손까지 맞잡은 그가 진지해진 얼굴로 말했다.

"옛말에 병은 자랑하라 그랬어. 여기저기 떠들고 고칠 길을 물어봐야 치료 방법도 알게 된다는 말이지. 나도 사고 후유증으로 두통이 심해서 타이레놀 달고 살잖아. 병원 가 보자, 우리. 내 동창 중에 진욱이라고, 자기도 결혼식 때 봤지? 걔가 얼마 전에 홍주 내려와서 정신건강의학과 크게 개업했거든."

◇◇◇◇◇

"재경험이라고 들어 보셨나요?"

이런저런 검사를 마치고 진료실로 돌아와 다시 마주한 진욱이 내게 물었다. 한 시간 넘게 진료 상담을 받고, 또 서너 시간 동안 CT부터 MRI에 이르는 갖가지 검사를 한바탕 치른 뒤라 몸과 마음이 지쳐 고달팠다.

"다시 경험한단 뜻 아닌가요?"

"맞아요. 재경험은 침투, 회피, 부정 영향, 각성 같은 PTSD 증상 중에 침투 증상으로 보시면 되는데, 제수씨처럼 생생한 악몽을 반복해서 꾸는 경우도 대표적인 재경험 증상이라 할 수 있어요."

제수씨라니……. 결혼식 때 처음 보고 이제 두 번째 보는 사이에 천연덕스럽게 붙이는 그 호칭이 듣기 거북했다. 하지만 자기 딴에는 나를 친근하게 대하려는 진욱에게 달리 불러 달라고 정색하기도 뭣했다. 그나저나 PTSD라는 단어가 가슴 한복판을 커다란 바윗덩이처럼 무겁게 짓눌렀다.

"한 번도 너무 끔찍했는데, 도대체 왜 자꾸……."

"너무 끔찍했기 때문에 그래요. 우리 뇌가 감당하기 벅찰 만큼 끔찍해서……. 천재지변, 교통사고, 테러, 전쟁, 범죄 피해 같은 끔찍한 사건 사고는 그만큼 후유증도 커요. 그 후유증이 크게 두 가진데 하나가 트라우마고, 또 하나가 외상 후 스트레스 장애, PTSD예요."

오늘 두 번째로 본 남편 동창에게 내밀한 머릿속을 낱낱이 내보인 소감은 부끄럽고 어색했다. 차라리 아예 모르는 의사에게 진료받을걸. 진욱의 눈을 마주 보기가 뭣해서 책상 위의 모니터로 눈길을 옮겼다. 세로로 나란히 이어 놓은 세 대의 모니터에 내 뇌를 다각도에서 찍은 CT나 MRI 검사 결과 수십 장이 빼곡했다.

"사람들이 트라우마랑 PTSD를 같은 개념으로 뭉뚱그려서 보는데, 사실 트라우마는 충격이나 상처를 남긴 원인이고, PTSD는 그 원인으로 인한 증상이에요. 그러니까 제수씨에겐 1년 전의 교통사고가 트라우마인 셈이고 그 사고를 되풀이하는 최근의 악몽이 PTSD인 거죠. 그런데 검사 결과를 보니 제수씨는…… 좀 특이한 경우네요."

진욱은 모니터를 바라보며 고개를 갸웃거렸다.

"특이한 경우요?"

"네, 사실 증상만으로는 전형적인 PTSD가 맞아요."

"사고가 난 지 1년이나 지났는데 PTSD가 오기도 하나요?"

"PTSD 발현 시기는 사람마다 다 달라서 외상 후 30년이 지나서 나타나기도 하니까요. 1년이 지나서 증상이 나왔다고 해서 그렇게 특이하게 볼 건 아니에요. 사실 특이한 건 이 해마인데……."

진욱이 모니터 속의 단층 촬영한 내 대뇌 아래쪽을 가리켰다.

"보세요, 어떻게 보면 영화에 나오는 에일리언 새끼 같기도 하고, 바닷속에 사는 해마 같기도 하죠? 이 부위가 바로 우리 기억을 저장하는 해마예요."

해마라면 내게도 익숙한 이름이었다. 엄마에게 알츠하이머 판정을 내린 담당 의사도 비슷한 이야기를 했으니까.

*"요기 좀 봐 봐요, 뇌가 전체적으로 엄청나게 쪼그라들었잖아. 해마도 요렇게 쪼끄매지고……. 기억을 입출금하는 ATM기기가 해마라고 보면 되는데, 해마가 이렇게 되면 입출금이 제대로 되겠어요? 입출금은커녕 작동도 제*

대로 안 되지. 막 오작동하고⋯⋯."

그때를 떠올리기만 해도 몸서리쳐졌다. 엄마를 간병한 3년은 정말이지 지옥 같은 나날, 아니, 지옥 그 자체였다. 뇌가 오작동하는 엄마는 오로지 생존 본능만 남은 마귀가 되었다. 차라리 의식이라도 없었으면 좋으련만 비뚤어진 의식이 있으니, 치료는 치료대로 마다하면서 온갖 사납고 독살스러운 짓을 골라 했다.

*"이년아, 니년이 날 죽이려고 나 먹을 거에 독 탔지? 못 돼 처먹은 년아, 갈가리 찢어 죽이기 전에 바른대로 말 해!"*

끼니때마다 밥공기와 반찬통을 내게 던지고 길길이 날뛰며 토해 내던 엄마의 쇳소리가 귓가에 되살아났다. 엄마가 오로지 자기밖에 모르는 나르시시스트라는 사실도 그즈음에야 알아차렸다.

125

*"엄마, 엄마 간병하다 내가 먼저 죽겠어! 아무것도 못 하고 엄마 뒤치다꺼리만 하느라 얼마나 힘든지 알기나 해?"*

엄마가 변기 의자의 변기통을 방바닥에 뒤엎어 버린 날, 오물을 치우던 내가 걸레를 내던지며 바락 외치자, 엄마는 당당히 턱을 들고 받아쳤다.

*"힘들긴 이깟 게 뭐가 힘들어? 난 마흔 다 돼 니년 낳아 혼자 여태 키우느라 얼마나 쌔가 빠지게 힘들었는데! 먹여 주고 재워 준 에미한테 자식년이 이깟 것도 못 해 주*

면 그게 사람 새끼야?"

"먹여 주고 재워 준 거 말고 엄마가 또 나한테 뭘 해 줬
는데?"

"해 준 게 없어서 에미 밥에 독을 타서 죽일려고 하나?
천하에 썩어 빠진 년, 벼락 맞아 뒈질 년, 독 안 탄 밥 갖
고 와! 내가 이럴 때 써먹으려고 니년 낳았지, 니년 좋은
일 시키려고 낳은 줄 알아?"

양치마저 거부하던 엄마의 입에서 썩은 내와 뒤섞
여 튀어나오는 독설이야말로 독이었다. 나를 죽이려는
독⋯⋯.

"제수씨, 괜찮으세요?"

진욱의 목소리를 듣고서야 현실 감각이 돌아왔다.

"안색이 좀 안 좋으신데⋯⋯ 어디 불편하신 데라도 있
으세요?"

"아, 아녜요. 괜찮아요."

이제는 정말 괜찮았다. 괜찮아야만 했다. 엄마는 죽었
고 이 세상에서 사라졌다. 화장하고 남은 유골도 봉안당
에 남기기가 꺼림칙해 추모 공원의 유택 동산에 뿌렸다.
그런데도 엄마가 내 해마에 아로새긴 끔찍한 기억은 수
시로 불쑥불쑥 되살아났다. 어쩌면 내게는 1년 전 교통사
고보다 엄마의 간병기가 더 큰 트라우마로 남았는지도
몰랐다.

"그럼 드리던 말씀, 마저 드릴게요. 지금 제수씨의 해마

가요, 보통 사람보다 거의 두 배는 커요."

"네……?"

"자, 한번 보세요."

진욱의 말대로였다. 그가 마우스 커서로 가리킨 내 뇌 속의 해마는 정말 확연히 커 보였다. 덜컥 겁부터 났다.

"보통 사람의 해마는 5cm 길이에 지름이 1cm 정도인데, 제수씨 해마는 10cm 길이에 지름도 2cm는 되어 보인단 거죠. 감정을 담당하는 편도체랑 해마의 교류 활성도도 상당히 높고요. PTSD 증상이 있으신 분들은 대개 해마가 보통 사람보다 눈에 띄게 위축되거든요."

"뭔가 이상이 있다거나, PTSD로 악영향을 받았다거나…… 그런 건 아닐까요?"

"그건 아닐 거 같아요. 오히려 어릴 때 부모의 애정 어린 양육 속에서 자란 아이일수록 해마가 또래보다 더 크단 연구 보고는 있어요. 제수씨도 어릴 때 부모님 사랑을 듬뿍 받고 자라셨나 봐요."

"아……."

진욱의 반농담조에 웃어넘기려 했지만, 차마 그렇다고 고개를 끄덕이지는 못했다.

아버진 누군지 평생 얼굴 한번 못 봤고요, 엄마는 자식 따위 안중에도 없던 사람이라 애물단지였던 전 무관심과 방임, 학대 속에 자랐어요. 제 첫 기억이 뭔지 아세요? 자다 숨이 막혀서 눈을 떴는데 엄마가 제 목을 조르던 기억이에요. 그때 절 죽일 듯이 노려보던 엄마의 얼굴은 그 자체로 마귀였어요.

목젖까지 치민 그 말들을 마른침과 함께 눌러 삼켰다. 차라리 전혀 친분이 없는 사람이라면 모를까, 남편 친구인 진욱에게 그렇게 어둡고 우울한 개인사를 시시콜콜 털어놓고 싶지는 않았다. 그동안 시광에게도 말한 적 없고 앞으로도 굳이 말하고 싶지 않은 과거였으니까.

"스트레스를 꾸준히 받았을 때 비대해지는 뇌 부위가 있긴 한데, 그건 해마가 아니라 해마랑 직간접적으로 연결된 편도체예요. 그런데 제수씨의 편도체는 또 지극히 정상적인 크기예요. 해마가 다른 사람보다 크다고 해서 뇌 건강학적으로 이상이 있다거나 나쁘다고 볼 수도 없고요. 오히려 그 반대라고 봐야죠."

"혹시 요즘 제가 부쩍 감각이나 감정이 과하다 싶게 예민해졌는데 그것도 지금 뇌 상태의 영향이라고 봐야 할까요?"

며칠 전부터 부쩍 거슬리던 시광의 말과 냄새, 감촉을 떠올리며 물었다.

"그건 그럴 수 있죠, 충분히……. 해마가 제수씨처럼 크다고 기억력도 무조건 남보다 배 이상으로 좋은 건 아니지만, 뇌 활동이 왕성하고 기억력이나 오감이 풍부한 사람들일수록 대개 해마와 주변 부위 간의 교류가 제수씨처럼 활발하긴 해요."

"그렇다면 차라리 다행인데……."

"아마 그걸 거예요. 결론적으로 봤을 때 제수씨 뇌는 걱정할 만큼 이상이 없고, 제수씬 지금 PTSD라는 빌런과 맞서서 잘 싸우고 계시니 곧 이겨내실 거예요."

"저도 그랬으면 좋겠네요."

"제수씨, 해마가 왜 해마인 줄 아세요? 다들 바닷속 해마랑 비슷하게 생겨서 그런 줄 아는데, 사실은 고대 신화에 나오는 '히포캄포스'라는 상상종이랑 비슷하다고, 중세 베네치아의 해부학자가 붙인 이름이에요. 말이란 뜻의 '히포'와 바다 괴물이란 뜻의 '캄포스'가 합쳐진 히포캄포스가 우리말론 해마거든요. 저 그림 보이시죠?"

진욱이 진료실 벽에 걸린 커다란 액자를 가리켰다. 해안가를 덮치는 커다란 파도 마루 위에서 여러 백마가 힘차게 발돋움하고 뒤에서 포세이돈으로 보이는 신이 말들을 지휘하는 유화였다.

"월터 크레인이란 화가가 그린 <넵튠의 말들>이란 명화예요. 넵튠은 우리가 아는 포세이돈이고, 저 말들은 상반신이 말, 하반신이 돌고래 지느러미였던 히포캄포스죠. 저 히포캄포스가 끄는 포세이돈의 마차가 홍수, 지진 같은 천재지변에서 인간을 구원한다고 믿는 민간 신앙도 있었대요."

잠시나마 포세이돈이 되어 히포캄포스가 끄는 마차를 타고 이 병원 창 너머를 질주하는 상상을 해 보았다. 기분이 조금이나마 나아졌다.

"지금 제수씨 해마도 저 히포캄포스처럼 천재지변 같았던 공포 기억에서 제수씨를 구원하고 뇌의 항상성을 회복하려고 열일하는 중이에요. 처방 약 꼬박꼬박 드시고, 운동 꾸준히 하시고, 밝고 긍정적인 생각만 하시면 악몽도 금세 쏙 들어갈 거예요. 거짓말처럼……."

진욱의 자신만만한 전망과 달리, 상담을 마치고 처방전을 받아 정신건강의학과를 나서는 내 기분은 그리 홀가분해지지 않았다. 하지만 진욱의 말대로 밝고 좋은 쪽으로 생각을 고쳐먹기로 했다. 이미 일어난 일을 두고 혼자 속을 끓여 봐야 제 살 깎아 먹기였으니까. 1층 약국에서 약을 타고 다시 엘리베이터에 올라서는 벽에 붙은 거울을 보며 미소를 지어 보려 애써 입가를 추켜올리기도 했다.

— 지하, 1층.

엘리베이터에 올라 B1 버튼을 누르자, 자동 안내 음성이 흘러나오고 승강기가 내려가기 시작했다. 몸이 붕 뜬 듯 가뿐해졌다. 그 느낌도 관성력 때문이 아니라, 마음의 짐을 덜어낸 덕분이라 여기기로 했다.

— 지하, 1층입니다.

승강기 문이 열리고 밖으로 나서려다 눈앞에 선 사람과 맞닥뜨린 순간, 다잡았던 마음은 순식간에 송두리째 무너져 내렸다.

승강기 문 너머에 서서 나를 바라보는 사람 때문이었다.

엄마였다.

# 3. 마귀

"엄마……."

나도 모르게 내 입에서 흘러나온 소리는 부름이 아니라 넋 나간 신음에 가까웠다. 그립고 눈물겨우며 마냥 애틋해야 할 두 글자가 내게는 두렵고 끔찍하며 마냥 진저리쳐지는 트라우마 그 자체였다.

승강기 문 너머의 사람과 눈이 마주친 순간부터 온몸이 뻣뻣하게 굳어 망부석이 된 듯했다. 아니라고 고개를 내젓고 싶었지만, 눈앞의 마귀는 분명 엄마였다.

움푹 들어간 눈구멍 속에서 툭 튀어나와 뒤룩거리는 누런 눈알과 축 처진 눈꺼풀 때문에 짓무른 눈가, 신경질과 악다구니로 미간에 새겨진 팔자 주름, 고집스럽게 다문 입가에 다족류 다리처럼 모여든 입주름, 숱 적은 반백의 커트 머리와 꽃무늬 난잡한 싸구려 원피스에 이르기까지 영락없었다.

어떤 말도 더는 잇지 못하고 바들거리는 입술이 느껴질 지경이었다. 달아날 길도 찾지 못하고 뒷걸음질 치다 승강기 벽에 등이 닿았다.

"누구……?"

마귀가 내게 물었다. 그제야 어, 하는 기분으로 멈칫했다. 분명 엄마와 똑같은 생김새인데 목소리는 고막을 긁는 쇳소리가 아니라 평범한 육십 대 여자의 목소리였다.

"누군데, 엄마?"

여자의 등 뒤로 또 다른 목소리가 다가와 물었다. 여자는 나를 빤히 바라보며 고개를 내저었다.

"나도 몰라."

여자의 딸로 보이는 삼십 대 여자가 의아해하는 눈으로 나를 바라보며 물었다.

"저희 엄마, 아시는 분이세요?"

저희 엄마…….

그랬다. 눈앞의 노인은 나를 괴롭혀 죽이려던 엄마가 아니라, 저 여자의 엄마였다.

"아, 아뇨, 제가 사람을 잘못 봤나 봐요. 죄송합니다."

손사래를 치며 승강기 벽에 등을 바짝 붙이고 게걸음으로 걸어 엘리베이터를 빠져나오는 동안, 내게 붙박인 마귀의 툭 불거진 눈알이 나를 따라 움직였다. 얼굴은 앞

쪽을 향한 채 눈알로만 나를 좇는 모양새가 소름 끼쳤다.

'가긴 어딜 가, 이년아! 네깟 년이 가 봤자 내 손바닥 안이지.'

주차장으로 나와 차로 향하는 내 등 뒤로 엄마 목소리의 환청이 따라붙었다. 가래 끓는 숨소리가 목덜미를 훅훅 간질이는 착각마저 들어 걸음을 멈추고 돌아봤을 정도였다. 엘리베이터 문은 닫혔고 마귀는 사라지고 없었다. 하지만 찝찝한 기분은 손 닿지 않는 등에 들러붙은 머리카락처럼 좀처럼 떨어져 나가지 않았다.

엄마라니……. 엄마가 죽은 지 2년이 지났다. 엄마가 살아 돌아올 일은 죽었다 깨어나도 없다. 귀신으로 나타날 리도 없다. 회귀, 빙의, 환생이 곧잘 등장하는 웹소설을 쓰는 작가이지만 나는 귀신이나 내세, 환생 따위를 믿지 않았다. 사람도 전원이 꺼지면 거기서 끝이다. 엄마란 존재도 2년 전에 수명을 다해 세상에서 흔적도 없이 사라졌다. 그러니 방금 마주친 노인도 엄마와는 상관없는, 그저 놀랍도록 닮은 사람일 뿐이다. 그렇게 생각하고 넘기려 해도 방금 머릿속에 아로새겨진 잔상이 머릿속을 떠나지 않았다.

혹시 엄마한테 닮은 친인척이라도 있었나? 아니, 내가 알기로는 누구도 없었다. 엄마는 보육원에서 자란 고아였고 엄마에게 핏줄이라고는 나 하나뿐이었다. 어려서 헤어진 자매가 있었을지도 몰랐다. 혹시 엄마의 쌍둥이는 아니었을까. 더러 어려서 헤어진 쌍둥이가 다시 만났다는 이야기를 뉴스에서 읽은 적이 있었다. 하지만, 엄마가 그렇게 극적인 사연의 주인공일 리가 있을까.

다 부질없다, 잊어버리자, 구회영.

세상에는 누군가와 똑같이 생긴 도플갱어가 하나쯤 있다고들 하니까. 설령 저 사람이 엄마와 쌍둥이라 해도 굳이 그 사실을 확인하고 실낱같은 인연이라도 맺고 싶은 마음은 추호도 없었다. 만일에 저 노인이 성격마저 엄마와 판박이라면 모쪼록 저 딸에게도 신의 은총이 있기를…….

그렇게 넘기기로 하고 내 차로 다가가던 순간, 가방 속의 휴대폰이 울렸다. 시광이었다.

"어, 자기야. 안 그래도 전화할까 하다 일하는 중일 거 135 같아서 말았는데……. 안 바빠?"

— 어, 잠깐 쉬는 타임이야. 진욱이한테 대충 전해 들었어. 큰 이상은 없다며.

"아……. 벌써 자기한테 연락했구나."

— 미리 말해 뒀지, 검사랑 진료 끝나는 대로 나한테 연락 달라고. 걱정돼서 하루 종일 일이 손에 잡혀야 말이지. 이럴 줄 알았으면 내가 월차라도 내고 같이 가 줄걸.

내 배우자이자 보호자인 시광의 마음이 눈물겹고 고마웠다. 이런 사랑을 난생처음 받아 보니 하루하루가 감동의 연속이었다.

"에이, 내가 뭐 몸이 불편한 환자도 아니고, 자기도 월차가 뭔지 잊고 살 만큼 바쁜 사람인데 평일에 어떻게 하루 다 버려 가며 검사받고 결과 기다리고 해? 걱정 안 해도 된대. 해마가 남보다 두 배나 큰 거 빼곤 다 정상이래. 내 최강 해마가 결국엔 악몽이고 PTSD고 다 씹어 먹을 거래."

— 그래, 그래야지. 진욱이도 그러더라. 자기 해마가 너무 건강해서 오히려 놀랐다고……. 영양가도 없는 지난 일 깨끗이 잊어버리고 마음 편히 현재에 만족하면서 백년해로하자, 자기야.

느닷없이 튀어나온 백년해로라는 말에 피식 웃음이 터졌다.

— 왜 웃어?

"백년해로라고 하니까 엄청 옛날 사람 같아서. 안 그래도 나 요새 솔직히 가끔 덜컥덜컥 겁이 나. 내 복에 이렇게 행복해도 되나 싶어서……."

— 자기 복이 뭐 어때서. 자기 복이니까 이렇게 행복한 거야. 안시광의 하나뿐인 마눌 구회영이니까 당연히 행복해야지, 안 그래?

"그런가……."

시광에게 딱히 반대하지는 않았지만 나는 익히 알았다. 세상에 당연한 일이란 없다는 사실을…….

**"당연히 해야지! 자식이 부모 간병하는 게 당연한 거**

지! 이럴 때 써먹으려고 힘들게 낳아서 죽을 고생 하며 키운 건데! 당연한 거 하면서 이깟 게 뭐 힘들다고 허구 한 날 죽는소리야, 이년아!"

행복한 순간마다 햇볕 뒤로 따라붙는 그림자처럼 엄마의 패악질이 또다시 해마 속에서 불쑥 튀어나와 기분을 망쳤다.

"내가 낳아 달라고 엄마한테 사정했어? 엄마 맘대로 낳았잖아! 자식은 부모를 선택할 수도 없지만, 부모가 자식 낳는 건 부모 선택이야. 엄마가 날 낳은 건 내 선택이 아니라 엄마 선택이었다고! 그런데 그 책임은 왜 자식인 나한테 전부 뒤집어씌워?"

엄마에게 전신 경련과 발작이 와서 구급대를 불렀던 날, 자기는 곧 죽어도 집에서 편안히 자식 간병이나 받다 죽겠다며 끝내 구급대원들을 내치고 버티던 엄마에게 결국 폭발해서 따졌다.

"부모가 자식한테 당연히 해야 할 거 엄만 해 줬어? 딱 굶어 죽지 않을 만큼 먹여 주고 바퀴벌레 들끓는 지하 셋방에서 재우는 거 말고도 엄마가 자식한테 당연히 해 줘야 하는 게 얼마나 많은데! 내가 갖고 싶은 걸 제대로 사 주길 했어, 하고 싶은 걸 제대로 하게 해 주길 했어? 비 오는 날 비 쫄딱 맞고 혼자 집에 올 때 우산 들고 마중 한 번을 나와 줘 봤어, 상장 타다 보여 줬을 때 머리 한 번을 쓰다듬어 줘 봤어, 애들한테 왕따당해 울고불고할 때 보듣어 주길 해 봤어? 애타게 찾을 때마다 엄마는 늘 나 몰라라 하면서 나더러 혼자 다 알아서 하랬잖아! 엄마로서 나한테 해 준 게 없으면 바라지도 말아야지!"

"뭐? 딱 굶어 죽지 않을 만큼? 바퀴벌레가 들끓어? 우리 형편에 그만하면 해 줄 만큼 해 준 거지, 뭘 어떻게 더 해 줘! 내가 니년한테 들인 돈이 얼마고, 들인 공인 얼만데? 내 생살이라도 깎아 니 주둥이에 처먹여야 직성이 풀렸겠냐!"

참다못한 내가 정곡을 찌르면 엄마는 그렇게 변명하거나 하지도 않은 의무를 다했다고 우기며 자기합리화에 급급했다. 자기의 희생은 당연하지 않았으면서도 자식의 희생은 마냥 당연하게 여겼던 엄마. 중증 알츠하이머로 똥오줌도 제대로 못 가리면서 병적인 자기애만은 마지막 동아줄처럼 움켜쥐고 끝까지 놓지 않았던 마귀. 죽고 나서도 이렇듯 수시로 불쑥불쑥 되살아나 자식을 괴롭히는 엄마와 관련된 기억일랑 내 해마에서 몽땅 도려내 버리고 싶었다.

— 피곤하겠다. 얼른 들어가서 오늘은 푹 쉬어.

"요 며칠 원고를 쉬어서 오늘은 무슨 일이 있어도 폭풍 집필해야 해. 내일은 또 특강 때문에 일도 못 할 테니까……."

홍주시립도서관에서 하게 될 웹소설 창작 특강을 두고 한 말이었다. 웹소설 작가로 제법 이름을 알리자, 이런저런 단체나 학교, 유료 강의 플랫폼에서 특강이나 강의 요청이 들어오곤 했다. 번번이 거절하기는 했지만, 개중에는 마다하기 어려운 요청도 있었다. 이번 건이 그랬다. 엄마의 똥오줌을 받아내는 와중에도 선남선녀 주인공들의 로맨스를 쓰던 지망생 시절, 스승처럼 내 글을 봐 주고 이런저런 조언을 아끼지 않았던 선배 작가가 부탁했기 때문이었다.

— 우리 마눌, 워낙 능력이 특출나니 찾는 데도 많네. 아무튼 조심히 들어가.

"그럴게요, 자기도 항상 조심하고."

전화를 끊고 가방에서 스마트키를 꺼내다 실수로 바닥에 떨어뜨렸다. 반들반들한 주차장 바닥을 쭉 미끄러진 스마트키가 하필 차 밑으로 들어가 버렸다.

"아, 이런……."

바닥에 엎드려 차 밑으로 손을 뻗어 더듬거렸지만 키는 좀처럼 손에 닿지 않았다. 고개를 숙여 차 밑을 들여다본 순간이었다. 시커먼 그림자가 차 너머에서 옆으로 휙 지나갔다. 주차장 천장 조명을 등진 그림자였다.

누구지?

고개를 들어 주위를 살피니 사람은커녕 인기척도 없었다. 아직 대낮인 데다 조명이 어둡지도 않은데 주차장은 어쩐지 어두컴컴하고 스산한 듯했다. 기분 탓인가. 며칠째 남편이 죽는 악몽에 시달리고 방금 엄마의 도플갱어와 마주쳤으니 그럴 만도 했다.

휴대폰 손전등 앱을 켜고 살피니 스마트키는 차 바퀴 뒤쪽에 숨어 있었다. 찾았다, 요놈.

키를 집어 들고 몸을 일으키는데 뭔가가 시야의 한구석을 쓱 훑고 지나갔다. 착각이 아니었다. 분명 차 뒤편이나 주차장 기둥 너머에 존재감의 장본인이 숨어 있을 터였다.

"누구세요?"

태연한 척하려 애쓰며 외쳤지만 목소리가 떨려 나왔다. 돌아오는 대꾸는 없었다. 이럴 때 장르물의 클리셰대로 차 보닛 위에 길고양이라도 뚝 떨어지며 털을 곤추세우거나, 엉뚱한 사람이 눈앞에 떡하니 나타났다가 놀라는 나를 흘겨보고 지나가면 차라리 마음이라도 놓일 성싶었다.

상대가 내 앞에 대놓고 나타날 뜻이 없다면 내가 자리를 피하는 수밖에 없었다. 서둘러 차에 올라 시동을 걸고 주차장 출구로 내달리기 시작했다. 주차장 불빛이 차례차례 꺼지며 어둠이 내 차를 덮치는 일 따위는 벌어지지 않았지만, 내 차 뒤에서 시동 걸리는 소리와 타이어가 주차장 바닥 긁는 소리가 이어졌다.

요금 정산소 옆에 멈춰 영수증 바코드로 주차 요금을 정산하면서도 연신 룸미러로 뒤를 살폈다. 검은 SUV가 주차장 기둥 너머에서 나타나 기둥을 끼고 휘돌더니 서서히 내 차 뒤로 따라붙었다. 선팅이 아예 검은 벽처럼 진해서 차 안이 전혀 보이지 않아 더 불안했다. 나선형 진출로를 타고 건물 밖으로 빠져나와 도로에 접어든 뒤에도 검은 SUV는 느긋하게 내 차 뒤를 따라왔다. 먹잇감이 지치기를 기다리며 그 뒤를 쫓는 육식동물처럼……

차선을 이리저리 바꿔 보았다. SUV도 내 차를 따라 차선을 왔다 갔다 옮겨 다녔다. 경찰에 신고해야 하나? 하지만 수상쩍은 차가 병원 주차장에서부터 졸졸 뒤따라온다는 사실만으로 신고가 접수될지는 의문이었다. 가는 길이 우연히 같을 뿐인데 나 혼자 지레 겁먹고 떠는 호들갑인지도 모르니까.

눈앞에 보이는 사거리의 직진 신호가 주황색으로 바뀌었다. 차가 딜레마 존에 접어들었지만 그대로 직진할 듯 나아가다 신호가 적색으로 바뀐 순간, 핸들을 오른편으로 홱 꺾었다.

끼이익!

차가 타이어를 아스팔트에 긁으며 우회전했다. 몸이 관성을 따라 왼쪽으로 떠밀렸다. 손아귀가 식은땀으로 미끄러워 하마터면 핸들을 놓칠 뻔했다. 그대로 직진하며 저만치 멀어지는 듯했던 검은 SUV도 유턴에 가깝게 차를 돌리며 내 차를 따라왔다. 신호를 받고 출발하려던 오른편의 차들이 SUV와 부딪치기 직전에 급정거하고 경적을 눌러 댔지만, SUV는 아랑곳없이 내 뒤를 쫓았다. 이로써 확실해졌다. 저 차가 내 뒤를 밟는다는 사실이……

"도대체 뭐야, 저 미친놈."

차라리 시광에게 연락해 볼까. 여기서 차로 30분은 달려야 나오는 병원에서 일하는 그에게 연락해도 당장 여기까지 달려올 여력도 안 된다. 게다가 그에게 연락한들 뭘 어떻게 도와 달라고 한단 말인가. 저 검은 SUV는 그저 내 차를 뒤따라왔을 뿐, 지금까지는 내게 그 어떤 해코지도 저지르지 않았다. 앞으로는 또 어떨지 몰라도…….

자기야, 지금 까만 SUV 한 대가 계속 내 차 뒤를 따라오거든. 혹시라도 나한테 무슨 일 생기면 블랙박스 동영상 녹화된 거 확인해서 그 차 신고해 줄래? 안 그래도 악몽 때문에 정신건강의학과에서 온갖 검사를 다 받고 오는 길에 그런 연락까지 한다면 시광은 신경과민이나 피해망상증을 의심할지도 몰랐다.

검은 SUV는 끈질기게 내 차 뒤를 따라왔다. 일부러 속도를 줄여 봤더니 놈도 속도를 줄였다. 가속 페달을 힘껏 밟았더니 놈도 기를 쓰고 내 뒤를 쫓아왔다. 신호에 걸리면 차에서 내려 다가가서 차창이라도 두드리고 한번 물어볼까? 도대체 왜 내 뒤를 따라오느냐고……. 아니다, 괜한 짓을 했다가 벌집만 들쑤신 사달을 낼지도 몰랐다.

횡단보도 신호에 걸려 차를 세웠다. 검은 SUV도 내 차 뒤의 뒤에 멈춰 섰다. 불안하고 초조한 기분으로 입술을 깨물며 눈앞의 표지판을 노려보았다. 파란 비보호 좌회

전 표지판 옆에 달린 유턴 금지 표지판이었다. 차들이 왼편 아파트 단지로 들어가도록 좌회전은 비보호로 허용하지만, 유턴은 하지 못하게 하는 구역이었다. 아스팔트 바닥에 커다랗게 쓰인 '유 턴 금 지'라는 표지 문구도 보였다.

좋아, 한 번만 더 시험해 보자.

직진 신호가 떨어졌다. 출발하는 앞차를 따라가는 척하다 곧장 핸들을 왼쪽으로 꺾었다. 맞은편에서 달려오던 승용차가 경적을 울리며 멈춰 섰다. 비상등을 켜며 완전히 유턴해 반대 방향으로 내달리기 시작했다. 검은 SUV는 뒤늦게 내 차를 쫓아 유턴하려다 맞은편에서 달려오는 차들에 발이 묶여 옴짝달싹하지 못했다. 그 광경을 룸미러로 보며 회심의 미소를 지었다.

그대로 쭉 달리다 핸들을 오른편으로 꺾어 골목길로 접어들었다. 골목길을 따라 올라가니 오른편에 작은 지하 주차장이 딸린 건물이 보였다. SUV는 아직 모퉁이 너머에서 보이지 않았다. 핸들을 또 오른편으로 꺾어 얼른 어두컴컴한 건물 지하 주차장으로 내려갔다.

주차장에 차 대기가 무섭게 시동을 껐다. 몸을 좌석 등받이 밑으로 낮추고, 뒤 차창을 돌아보며 주차장 언덕 위를 숨죽여 지켜보았다. 조명도 없는 지하 주차장이라 밖에서는 내 차가 잘 보이지 않을 터였다. 내가 여기로 들어오기 전에도 주차장 안은 온통 어둠이었으니까. 관자놀이 때리는 맥박이 귓가에 느껴졌다. 입술까지 바짝바짝 말라와서 안쪽으로 앙다물었다.

잠시 후, 검은 SUV가 건물 옆을 휙 지나갔다. 놈이었다. 지긋지긋하게 내 차 뒤를 쫓아오던 장본인. 놈이 지나간 뒤에도 한참을 어둠 속에서 기다렸다. 이쯤이면 되겠지 싶어서 건물 밖으로 나갔다가 뒤통수 맞을지도 모르니까.

한 시간 같은 10분을 기다리고 나서야 가까스로 차를 돌려 건물 밖으로 빠져나왔다. 주위를 두리번거렸지만, 문제의 SUV는 보이지 않았다.

집 앞에 다다를 때까지 룸미러와 사이드미러를 몇 번이나 홀끔거렸는지 몰랐다. 집 옆 차고에 후진으로 차를 대고 차고 리모컨으로 자동문을 내렸다. 오버헤드 도어 방식의 차고 문이 모터로 내려가는 십여 초도 십여 분은 족히 되는 듯 길게 느껴졌다. 차고 문이 완전히 닫힌 뒤에야 온몸의 진이 쭉 빠져서 바람 빠진 인형처럼 운전석에 니은 자로 늘어졌다.

한참을 멍하니 앉아 있다가 놀란 가슴이 가라앉은 뒤에야 허리를 곧추세웠다. 그러고는 차에 달린 블랙박스에서 마이크로 SD 카드를 떼어 냈다. 도대체 어떤 놈인지 번호판이라도 확인하고 박제해 둘 작정이었다.

작업실로 들어와 컴퓨터를 켜고 서랍에서 마이크로 SD 리더기를 찾아 메모리를 꽂았다. 컴퓨터에 리더기를 연결하고 탐색기로 메모리에 저장된 블랙박스 영상을 샅샅이 훑었다. 병원 주차장에 차를 댔던 오전 9시 23분부터 모든 진료를 마치고 내가 차로 돌아온 오후 3시 56분까지 주차 녹화 영상을 쭉 살폈지만, 검은 SUV는 주차장의 다른 구역에 주차했던 모양인지 영상에서는 보이지 않았다.

오히려 수확은 뜻밖의 피사체가 찍힌 영상에 있었다. 내가 주차장으로 나오기 3분 전의 주차 녹화 영상이었다. 내 차 앞을 지나가는 두 모녀가 보였다. 내가 엄마로 착각했던 노인과, 노인을 부축한 삼십 대 여자였다.

"뭐, 뭐야, 이게……."

영상 속의 노인을 눈으로 좇다 말고 내 눈을 의심했다. 몇 번을 다시 돌려보고 일시정지 버튼을 눌러 영상이 뚫어져라 들여다봐도 마찬가지였다.

영상 속의 노인은 우리 엄마와는 완전히 다른, 낯선 얼굴이었다.

# 4. 프레골리 증후군

— 프레골리 증후군이라고 들어 보셨나요?

한참을 고민한 끝에 정신건강의학과로 전화한 내가 어렵사리 이야기를 털어놓자, 진욱이 물었다.

프레골리 증후군이라니…….

"아뇨, 처음 들어요."

— 연극 무대에서 여러 캐릭터 역할을 순식간에 혼자 해냈던 레오폴드 프레골리라는 이탈리아 연극 배우 이름에서 따온 질환이에요. 낯선 사람을 내가 아는 사람이라고 믿는 망상 장애인데, 그냥 그런 장애도 있구나, 알고 계시면 되겠…….

"그럼 혹시 제가 그 프레골리 증후군 환자일 가능성은 없나요?"

불안과 초조가 앞서 진욱의 말을 끊고 묻자, 그는 딱 잘라 말했다.

— 아뇨, 적어도 오늘 검사 결과만 두고 보자면 그럴 가능성은 제로에 가깝다고 봐요.

"왜요?"

— 프레골리 증후군은 우측 전두엽이나 측두엽, 방추상회나 해마방회에 손상이 있을 때 나타나거든요.

해마는 알겠는데 해마방회는 뭐고, 방추상회는 또 뭐야. 내 속마음을 읽기라도 한 듯 진욱이 덧붙여 설명했다.

"말이 좀 어려우시죠? 그냥 우리 뇌에서 사람 얼굴을 알아보고 기억하는 부위 정도로 생각하시면 돼요. 그런데 아까 말씀드렸듯이 제수씨의 뇌는 어떤 부위에도 손상이 없었어요. 오히려 해마가 다른 사람보다 배는 컸고요.

"그런데 왜 전 처음 본 할머니를 죽은 엄마랑 똑같이 생겼다고 착각했을까요?"

— 어머님께서 알츠하이머라 돌아가실 때까지 제수씨가 간병하셨다고 하셨죠?

"네, 맞아요."

— 그때 기억이 지금 어떻게 남아 있나요?

"힘들었죠, 심적으로나 육체적으로나. 다시 생각하기도 괴로울 만큼……."

악몽, 아니, 지옥 그 자체였어요.

— 제수씨 말씀을 더 자세히 들어 봐야 알겠지만, 그때 기억이 제수씨에겐 1년 전 교통사고보다 더 큰 트라우마가 됐을지도 몰라요.

"그렇다고 처음 본 할머니를 왜……."

— 미미한 프레골리 증후군은 누구나 한 번쯤은 겪게 돼요. 애인이랑 헤어진 뒤로 지나가는 낯선 사람이 헤어진 애인으로 보인다거나, 부모님 돌아가신 뒤로 비슷한 연세의 노인만 봐도 부모님으로 보이는 경우죠. 그런 경우를 가리키는 절묘한 속담이 있어요.

"무슨……?"

— '자라 보고 놀란 가슴 솥뚜껑 보고 놀란다.'

"그럼 오늘 일도 엄마를 간병하며 생긴 PTSD가 엄마 또래의 노인을 보고 일으킨 해프닝 정도다, 이 말씀인가요?"

— 그럴 가능성이 커요. 너무 깊이 생각하고 고민할수록 정신 건강에는 오히려 해로우니 그 정도로만 생각하고 넘기세요. 혹시 상담 치료가 더 필요하시면 상담실장 통해서 예약 잡으셔도 되고요.

"네, 좀 더 지내보고 결정할게요. 바쁘실 텐데 여러모로 신경 써 주셔서 감사해요."

전화를 끊고 나서 지끈거리는 이마를 짚고 잠시 눈을 감았다.

프레골리 증후군이라…….

진욱의 말이 맞는지도 몰랐다. 죽은 엄마가 남긴 PTSD 는 1년 전 교통사고와는 비교도 안 될 만큼 크나컸다. 프 레골리 증후군이 아니라 그보다 더한 후유증이 생겼다 해도 사실 별로 놀랍지 않을 정도였다. 그래도 오늘 엄청 난 충격을 안긴 사건이 단순한 뇌의 착각으로 벌어진 해 프닝일 뿐이라고 생각하고 나니 마음이 꽤 놓였다.

숙제 하나를 해치웠으니 잠시 미뤄 둔 다음 숙제를 할 차례였다.

검은 SUV…….

"뭐야, 이거. 완전히 또라이 사이코네."

퇴근 후 저녁 식사를 마친 시광에게 오늘 있었던 사건 을 말해 주며 블랙박스 동영상을 보여 주자, 그는 컴퓨터 책상 앞에 앉아 나보다 더 집요하게 영상을 이리저리 돌 려 보았다.

"자기가 보기에도 좀 그렇지?"

"이런 일이 있었는데 왜 바로 전화 안 했어? 나한테 바 로 전화를 했어야지. 혼자 이러다 무슨 봉변이라도 당하 면 어쩌려고……."

"하고는 싶었는데, 안 그래도 바쁜 사람 이래저래 신경 쓰게 했는데, 더는 미안해서 못 했지."

"자기도 참 부부끼리 별 소릴 다 한다. 어제 한 말 벌써 잊었어? 부부가 왜 부부게."

"알아, '뷰뷰'. 알러뷰뷰······."

내가 말장난하며 그의 뺨에 입을 맞추자, 그가 싫지 않은 듯 씩 웃었다.

"중요한 순간에 사람 자극한다, 또. 자기는 다 좋은데 이게 특히 좋아. 근데 잠깐만, 자기야. 이놈 번호판이라도 봐 뒀다가 나중에 또 눈에 띄면 경찰에 신고해 버리자."

시광이 주행 녹화 영상까지 뒤져 보고 알아낸 검은 SUV의 번호판은 뒷자리가 4391이었다. 4391과 추격전을 벌이다시피 하고 웬 건물 지하 주차장까지 들어가 따돌리는 영상을 보며 시광은 자기 일처럼 분통을 터뜨렸다.

"4391, 진짜 너 내 눈에 띄기만 해 봐. 가만 안 놔둔다."

시광은 내가 우리 집 차고에 차를 대는 영상까지 끝끝내 보고 난 뒤에야 자리에서 일어섰다.

"혹시 모르니까 지금이라도 경찰에 신고를 해 둘까?"

내가 묻자, 조금 전까지와는 달리 시광은 뜨뜻미지근한 반응이었다.

"글쎄····· 경찰에 신고해도 별거 없을걸?"

"아, 그러려나."

내 얼굴을 본 시광이 인터넷 검색창에 '미행 신고'를 입력하고 검색 버튼을 눌렀다. 한 법률사무소에서 올린 글을 클릭한 그가 모니터를 가리키며 말했다.

"봐 봐, 스토킹처벌법에 관한 법률이 있긴 한데, 미행한 번 정도론 명함도 못 내민단 거지. 상대방 의사에 반해 정당한 이유 없이 상대방에게 반복적으로 접근하거나 따라다녀서 불안과 공포를 일으킨 경우, 3년 이하의 징역이나 3,000만 원 이하의 벌금형에 처한대. 협박이나 폭행이 있었으면 형이 좀 올라가고……. 아무튼 이 나라는 법이 너무 물러 터졌어."

시광이 자리에서 일어서며 혀를 찼다. 내가 도로 그 자리에 앉자, 시광이 내 손목을 잡아당겼다.

"왜 또 앉고 그래. 이제 누울 타이밍인데……."

슬그머니 옷 사이로 파고드는 그의 손길을 밀어냈다.

"잠깐만, 자기야."

내가 차고에 차를 대던 마지막 영상에서 뭔가 찝찝한 기분이 들었다. 내가 영상을 다시 재생하자, 시광이 옆으로 다가들었다.

"뭐 때문에 그러는데?"

영상에서 차고 문이 내려오기 직전에 일시정지 버튼을 누르고, 시광에게 대답 대신 모니터 구석을 가리켰다. 내가 가리킨 아래쪽은 집 앞으로 난 도로 맞은편이었다. 거기에 흐릿하게 찍힌 형체가 보였다. 번호판까지는 보이지 않았지만, 색과 차종만은 확실히 보였다.

검은 SUV였다.

◇◇◇◇◇

"작가님, 주인공이 한 인물한테 빙의하면 원래 인물의 자아나 인생은 어떻게 되는 게 윤리적으로 옳나요?"

객석 맨 끝자리에 앉은 이십 대 여자가 물었다. 막 웹소설 창작 특강을 마치고 질문을 받던 참이었다. 두 시간 예정이었던 강의 시간을 훌쩍 넘겼고 질문이 많아 두 시간 반이나 지난 터라 슬슬 피로가 몰려왔다.

"작가마다 다르긴 하지만, 빙의물에서 빙의 캐릭터의 원래 자아는 크게 네 가지로 처리해요. 교환, 흡수, 공생, 기생. 교환은 '몸 바꾸기'라고도 부르는데 <너의 이름은>의 미츠하랑 타키처럼 서로의 몸에 공평하게 빙의하는 거죠. 흡수는 빙의한 자아가 원래 자아를 빨아들이는 거고, 공생은 두 개의 자아가 한 몸에서 더불어 살아가는 거, 기생은 원래 자아가 빙의한 자아에 빌붙어 사이드로 살아가는 건데……."

여자가 내 말을 끊고 끼어들었다.

"아, 작가님께서 질문의 요지를 잘못 이해하셨나 본데, 전 원래 자아를 어떻게 처리하는지 궁금한 게 아니라 어떻게 처리하는 게 윤리적으로 옳은지 여쭤봤는데요."

'어떻게 처리'와 '윤리적으로 옳은지'에 힘을 실은 시비조가 거슬렸다.

"네, 질문 잘 이해했고요. 기본 개념을 설명해 드리고 제 의견을 덧붙이려고 했는데 질문자께서 마음이 급하셨나 보네요."

나도 뒷말에 힘을 실어 받아치고는 대답했다.

"작가의 처리 요령은 작가 재량이니 미뤄 두고, 윤리적인 측면으로만 보자면 그 네 가지 중 두 자아가 더불어 살아가는 공생이 윤리적으로 옳지 않을까요?"

내 대답을 들은 여자가 피식 차갑게 웃었다.

"말이 쉽지, 한 몸에서 두 자아가 공생하기가 쉬울까요?"

"물론 어렵겠죠. 그건 뭐 당연한 얘기고……. 그래서 많은 웹소설이 흡수로 처리하긴 해요. 그게 작가가 쓰기도 편하거든요. 어차피 다 허구 속 설정이니 너무 심각하지 않게 소설적 허용 정도로 보고 웃음으로 흡수해 버리시면 어떨까요?"

내 딴에는 부드럽게 넘기려고 했던 대답이었는데, 여자는 정색하며 되물었다.

"그 일이 소설이 아니라 현실에서 실제로 일어났다면요? 그래도 웃어넘기실 수 있나요?"

여자가 끈질기게 물고 늘어지자, 관객들이 웅성거리며 여자 쪽을 흘끔흘끔 돌아보았다. 화기애애했던 특강 분위기에 자꾸 찬물을 끼얹는 여자가 다른 사람들에게도 적잖이 거슬리는 모양이었다.

"그런 일이란 게 빙의를 말씀하시는 거라면, 일단 그분을 직접 찾아뵙고 인터뷰 요청부터 하고 싶네요. 제 차기 작 주인공으로 선정되셨다고……."

반은 농담, 반은 진담이었다. 그런 일이 실제로 일어날 리가 없으니까. 내 대답에 몇몇 관객이 웃음을 터뜨렸다.

"자, 질문 답변은 이 정도로 하고요, 이미 시간을 너무 많이 초과해서 오늘 특강은 정말 아쉽지만, 이 정도 선에서 마쳐야 할 거 같습니다. 오늘 <우리는 왜 걱정을 멈추고 '회빙환'을 사랑하게 되었는가?>라는 주제로 너무나 좋은 이야기 들려주신 구회영 작가님께 다시 한번 많은 박수 부탁드립니다."

담당자가 서둘러 끼어들어 특강을 마무리했다. 분주히 일어서는 관객 사이에서 자리를 지키며 팔짱을 끼고 앉아 나를 빤히 바라보는 여자의 눈길이 꺼림칙했다.

"작가님, 팬이에요. 사인 좀……."

한 관객이 내 앞에 책 속지를 펼쳐 들고 나타나는 바람에 여자에게서 눈길을 거두었다. 책에 서명하고 고개를 들었을 때 여자는 자리를 뜨고 없었다.

"아이고, 작가님, 정말 수고 많으셨습니다. 오늘 특강 내용이 알토란처럼 알차서 좋았습니다. 이번 한 번으론 좀 아쉬운데 어떻게 다음에 또 자리를 빛내 주실 수 있으실까요?"

담당자가 호들갑 떨며 입에 발린 칭찬을 늘어놓았다.

"네, 미리 연락만 주시면 일정 되는지 확인해 볼게요.

담당자님도 정말 수고 많으셨어요. 일정이 또 있어서 전 이만 가 보겠습니다."

역시 대박 작가님은 뭐가 달라도 다르다는 둥, 어디 좋은 데서 식사라도 대접해 드리려고 했는데 아쉽다는 둥, 하나 마나 한 소리를 늘어놓는 담당자를 뒤로하고 도서관 대강당을 종종걸음으로 빠져나왔다.

도서관 밖으로 나와 보니, 저 멀리 도서관을 나가 뒤편 주차장으로 향하는 여자가 보였다. 거의 뛰다시피 하며 여자의 뒤를 쫓았다.

분명 뭔가 있어. 저 여자한테…….

직감이 그렇게 손가락질했다. 알아내야 했다. 손끝에 박힌 밤 가시 혹은 곤두선 손거스러미처럼, 대수롭지 않아 보이지만 내내 신경 쓰이는 통증의 원흉은 미리 뿌리 뽑아야 염증이 생기지 않는 법이니까.

건물 모퉁이를 돌아 뒤편 주차장으로 들어선 순간, 직감이 옳았음을 깨달았다. 멀찌감치 여자가 운전석에 오르는 차는 검은 SUV였다. 설마, 설마……. 그리로 다가간 나는 하마터면 그 자리에 주저앉을 뻔했다.

여자가 오른 SUV의 번호판 네 자리는 4391이었다. 그랬다. 여자는 어제 내 차를 미행했던 장본인이었다.

"잠깐만요!"

차가 출발하기 직전, 그 앞에 두 팔을 벌리고 막아섰다.

빵빠아앙!

SUV는 당장에라도 나를 치고 달아날 기세로 경적을 울리며 엔진을 으르렁거렸다.

"잠깐 얘기 좀 해요!"

차가 쿨렁거리며 앞으로 한 발짝 나왔다. 비켜, 안 비켜? 확 깔아뭉개고 가 버린다. 여자는 가속 페달과 브레이크를 번갈아 밟아 차를 쿨렁대며 위협했지만, 이대로 보내 줄 마음은 없었다.

"어제 병원에서부터 우리 집 앞까지 절 미행한 거 알아요!"

반드시 물어봐야만 했다.

어제 사고 위험을 무릅쓰면서까지 왜 그토록 끈질기게 내 차를 따라왔는지, 오늘 내 특강에 참석해서는 또 왜 그리 날 선 질문을 던졌는지, 내 일정은 또 어떻게 세세히 다 훤히 꿰었는지, 이렇게 내 뒤를 따라다녀서 대체 무엇을 얻고 싶은지…….

차가 또 한 발짝 앞으로 나왔다. 그래도 나는 물러서지 않고 외쳤다.

"치고 가고 싶으면 치고 가요. 대신 이유라도 알려 줘요! 도대체 왜 이러는지…….'

엔진의 굉음이 잦아들었다. 그제야 여자는 뭔가 결심한 듯 위협을 멈추고 운전석 차창을 내렸다.

"'노마드'라고…… 도서관 뒤쪽 변두리에 카페가 있어요. 10분 뒤에 거기서 봐요."

이 상황에서 벗어나려고 던지는 빈말은 아닌 듯했다. 내가 길을 터 주자, 여자는 내 쪽을 쳐다보지도 않고 나를 스칠 듯이 지나쳐 주차장을 빠져나갔다. 한동안 그 자리에 서서 SUV가 사라진 모퉁이 너머를 멍하니 바라보다 번뜩 정신이 들었다. 서둘러 주차장 한편에 세워 둔 내 차로 걸어가 운전석에 올랐다. 그때 카톡 알림음이 울렸다.

특강은 잘 끝냈어?

시광이었다.

어 덕분에ㅋㅋ

강당을 찢었겠지 누구 마눌인데

얼른 와 같이 저녁 먹게

뭐라고 답장해야 할지 난감했다.

어쩌지? 담당자가 몇몇 독자님들이랑

근처 카페에서 차라도 한잔하고 가라고

한사코 붙잡으시네

좀만 있다 가야 할 듯ㅜㅜ

먼저 먹어 미안

아 그래?

할 수 없지 뭐ㅜㅜ

역시 능력자 영이ㅋㅋ

너무 늦지 않게 와

그렇게

알러뷰뷰

마지막 답장에서 금세 1이 사라졌지만, 별다른 대꾸는 없었다.

"혼자 밥 먹으라서 삐졌나."

거짓말로 둘러대서 못내 마음에 걸렸지만, 어제 미행했던 SUV 운전자가 특강 장소에도 나타나 이상한 질문을 했고, 근처 카페에서 만나기로 했다면 돌아올 대답은 뻔했다. 절, 대, 안, 돼.

휴대폰 내비게이션 앱을 켜고 '노마드'를 검색했다. 여자의 말대로 여기서 딱 10분 거리였다. 서둘러 주차장을 빠져나와 카페로 향했다.

카페 문을 열고 안으로 들어서니 구석진 창가 자리에 앉은 여자가 보였다. 탁자 맞은편에 앉으며 가까이에서 보니 화장기 없는 여자의 얼굴은 여위고 핏기가 없었다. 내가 앞에 앉든 말든 의식하지 않고 창 너머만 바라보는 눈빛이 넋 나간 듯 멍해 보이기도 했다.

"주문하시겠어요?"

주문을 받으러 다가온 카페 알바생에게 말했다.

"아…… 혹시 그냥 생수도 있나요?"

껄끄러운 사람과 마주 앉아 커피나 차를 마시고 싶지 않았다. 알바생이 돌아가고 내가 빤히 바라보는데도 여자는 창밖에서 눈길을 거두지 않았다.

자, 이제 말해 봐. 분위기 그만 잡고, 뜸 들이지 말고…….

그런 뜻을 담아 내가 큼큼 헛기침하자, 이윽고 여자가 입을 열었다.

"지금 작가님 남편…… 진짜 남편이라 믿으세요?"

# 5. 카그라스 증후군

"네?"

잘못 들었는지 의심스러워서 되물었다.

"작가님 남편이요. 어딘가 낯설게 느껴질 때 없냐고요."

초점을 벗어나도 한참 벗어난 질문이었다.

그제야 눈앞의 여자가 제정신인지 의심스러워졌다. 어쩌면 어처구니없게도 어제부터 이어진 모든 일들이 조현병 환자인 여자가 망상에 사로잡혀 벌인 촌극인지도 몰랐다. 아차 싶었다. 왜 진작 그쪽으로는 생각 못 했을까. 세상이 흉흉해지고 삭막해지면서 정신이 병든 이들도 부쩍많아졌다. 이렇게 친분이 전혀 없는 사이에서는 상대의 정신 상태가 어떤지 겪어 보지 않고서는 알 길이 없었다.

"제 남편을 아세요?"

알고 보면 여자는 시광을 따라다니는 스토커인지도 몰랐다. 인물도, 직업도 좋은 시광을 일방적으로 좋아해서 한동안 스토킹했던 환자가 결혼 전에도 있었다. 무수한 이메일과 선물을 시광이 무시하거나 돌려보내자, 스토커는 은근한 협박까지 해 왔다. 다른 의사로 대상을 갈아탈 때까지 스토킹은 끈질기게 이어졌다. 어제 내가 경찰 신고 이야기를 꺼냈을 때 시광이 보인 뜨뜻미지근한 반응도 그때 여러 번 경찰에 신고했음에도 스토커에게 별다른 처벌이 없었던 경험 때문인지도 몰랐다. 혹시 이 여자도 그런 스토커는 아닐까.

"알죠, 홍주메디컬센터 외과 전문의 안시광 선생님."

여자의 대답에 의심이 확신 쪽으로 기울었다. 눈앞의 여자가 그 스토커가 아니라면 새로운 스토커일 가능성도 있었다. 이도 저도 아니라면 남편의 숨겨 둔 애인일지도……

"제 남편은 어떻게 아시는데요?"

여차하면 시광에게 전화해 확인할 작정으로 옆자리에 올려 둔 가방 속의 휴대폰을 더듬어 찾았다.

"1년 전 교통사고 때문에요. 작가님도 피해자이셨으니 기억하시죠, 그때 그 BMW. 제 소개가 늦었네요. 전 그날 BMW에 타고 있었던 가해자 이원상의 여자친구, 송아람이에요."

'가해자 이원상의 여자친구'라는 말을 들은 순간, 가방을 더듬던 손이 그대로 굳어 버렸다. 그제야 며칠 전 시광이 했던 말이 되살아났다.

**"그날 사고 때 BMW를 몰았던 미친놈은 사고 순간에 차 밖으로 튕겨 나와 그 자리에서 죽었어. 조수석에 타고 있던 그놈 여친도 중상 입고 병원에 실려 갔고……"**

여자가 가해자의 여자친구인 척하는 사기꾼으로 보이지는 않았다. 사실 그럴 이유도 딱히 없었다.

"아……"

한동안 뭐라고 말해야 할지 몰라 벌어진 입을 다물지도 못했다. 아직도 PTSD로 남아 나를 괴롭히는 그날 사고 가해자의 여자친구 송아람이 나를 찾아왔다. 대체 왜……? 설마 그때도 없었던 사과라도 하려고……?

"어제 일은 죄송해요. 작가님을 불안하게 하거나 괴롭히려는 의도는 없었어요."

"아니, 그 난리를 쳐 놓고 불안하게 하거나 괴롭히려는 의도는 없었다뇨. 사람 칼로 찌르고 아프게 하거나 죽이려는 의도는 없었다는 말이랑 뭐가 다르죠? 그리고……"

그때 카페 알바생이 생수와 빈 컵을 가져와 탁자 위에 올려 두고 갔다. 컵에 따르지도 않고 뚜껑을 따서 생수를 병째 벌컥벌컥 들이켰다. 그래도 목이 바짝바짝 탔다.

"이미 불안했고 괴로웠어요. 충분히……. 어제도 PTSD로 매일같이 그 사고가 반복되는 악몽을 꿔서 검사에 상담 치료까지 받은 거고요. 그날 BMW에 타고 계셨다면 제 사정 뻔히 아시겠네요. 제가 이해 안 되는 건 거기에 왜 또 보태셨냐는 거예요."

어젯밤에는 정말이지 거의 한잠도 제대로 이루지 못했다. 새벽녘까지 뒤척이다 가까스로 잠드나 싶었는데 여지 없이 그날의 악몽을 꾸었다. 악몽은 지난번에서 한 단계 더 나아갔다. 시광에게로 달려든 이원상이 입을 쩍 벌리고 시광을 통째로 집어삼켰다. 입을 130도 이상 벌리고 턱 뼈까지 늘여 먹이를 삼키는 뱀처럼 꾸역꾸역⋯⋯. 악몽을 떠올리기만 했는데도 머리가 지끈지끈 아파 왔다.

"저 어제 정말 생명의 위협을 느꼈어요. 도대체 미행은 왜 하셨죠? 제 차 블랙박스 영상으로 다 봤어요. 우리 집 앞까지 따라오셨잖아요. 정당한 이유라도 있으신가요?"

내 나름대로 허를 찌른다고 던진 질문이었지만, 아람은 그다지 놀라는 기색도 없었다.

"작가님 남편분 때문이에요."

점입가경이었다. 이 무슨 말도 안 되는 소리인가.

"저를 내내 미행한 거랑 제 남편이 무슨 상관이 있는데요?"

"남편분을 믿으시나요? 하나에서 열까지 다?"

슬슬 얼굴이 달아오르기 시작했다. 지금 이 여자는 내 남편이 외도 중이라는 폭로라도 하려고 빌드업하는 중일까. 설마⋯⋯.

"네, 믿어요, 하나에서 열까지 다. 결혼한 지 반년밖에 안 된 신혼에 배우자를 못 믿는다면 그게 더 이상한 거 아닌가요?"

"그렇다면 이 영상 보셔도 그 믿음, 흔들릴 일은 없으시 겠네요."

아람이 자기 휴대폰을 만지작거리더니 탁자 위에 올려 내 쪽으로 들이밀었다. 시광이 다른 여자와 낯 뜨거운 행 각을 벌이는 동영상이라도 나올까 봐 움찔 뒤로 물러났 다.

휴대폰 화면에서 재생되는 영상은 뜻밖에도 블랙박스 주차 녹화 동영상이었다. 영상에 담긴 장소가 낯익었다. 어제 내가 진료받고 나온 정신건강의학과 건물의 지하 주차장이었다. 맞은편 맨 끝자리에 주차된 은빛 세단도 어쩐지 낯익었다. 세단의 번호판을 보니 의심이 확신으 로 돌아섰다. 1253……? 시광의 벤츠 E클래스였다.

**"차 번호 기억하기 쉽지? '이리 오삼'이잖아. 우리 차 찾을 땐 '이리 오삼'."**

연애 시절 시광이 했던 말이 떠올랐다. 그의 말대로 '이 리 오삼'으로 차 번호를 외웠다.

"영상 찍힌 시간을 보세요."

아람이 가리킨 화면 아래쪽을 보니 촬영 일시는 어제 오후 3시 54분이었다. 내가 진욱에게 진료받고 나와 차 에 오른 시각은 오후 3시 56분이었다. 그러니까 시광의 차가 어제 그 시간에 자기가 일하는 병원이 아닌, 진욱의 병원 지하 주차장에 와 있었던 셈이었다. 도대체 왜……?

화면 왼편에서 사람이 등장했다.

시광이었다.

그가 벤츠 운전석에 오르자, 짙은 차창 선팅 탓에 더는 얼굴이 보이지 않았다. 하지만 곧바로 휴대폰 액정 불빛이 켜지면서 어슴푸레한 얼굴 윤곽이 드러났다. 거치대에 휴대폰을 걸고 어딘가로 통화하는 듯했다. 휴대폰 불빛에 비친 시광의 얼굴은 마네킹처럼 무표정했다.

시간대로 미루어 볼 때 남편의 통화 상대는 바로 나였다. 나와 통화하며 시광이 저렇게 굳은 얼굴이었던 적이 있었던가. 그야 모를 일이었다. 영상 통화가 아닌 바에야 통화 중인 남편 표정까지 보이지는 않으니……. 하지만 말투와 분위기만으로도 감정의 온도는 느껴지게 마련이었다. 내가 느끼기에는 어제 통화 중 시광은 마냥 다정하고 상냥했다. 말투는 그토록 부드러웠던 시광의 얼굴이 그와 반대로 저렇게 굳어 있었을 줄은 몰랐다.

무엇보다 그는 내게 거짓말했다.

어제 통화하며 그는 분명 '잠깐 쉬는 타임'이라고 했다. 병원에서 일하던 중이라는 의미였다. '월차라도 내고 같이 가 줄걸'이라고 했고, 병원에 함께 오지 못해서 미안해했다. 그랬던 그가 어제 내가 왔던 병원 지하 주차장에 세워진 차의 블랙박스에 찍혔다. 바로 그 시각에……. 하마터면 나와 마주쳤을 뻔했다. 이 동영상이 사실이라면 시광이 어제 통화로 했던 말은 몽땅 거짓말이 되는 셈이었다.

"이거 설마…… 합성 같은 건 아니죠?"

도저히 믿기지 않아서 아람에게 물었다. 배우의 얼굴만 가져다 엉뚱한 영화 속에 붙여 넣어도 감쪽같은 딥페이크 기술이 흔해진 세상이었다. 소스만 있다면야 시광이 아니라 누구라도 이런 블랙박스 영상에 교묘히 합성해 넣기가 어려운 일은 아니었다. 그러나 그러려면 수고와 돈을 들여야 했다. 수고와 돈도 대가가 있어야 들이게 마련이다. 눈앞의 여자에게 무슨 대가가 있어서 그런 수고를 할까. 남편과 이 여자가 내연 관계라 우리가 이혼하기를 바란다면 또 모를까…….

"블박 영상에 합성 같은 짓이나 하고 있을 만큼 제가 한가하진 않아요."

"그럼 그렇게 한가하지도 않으신 분이 어젠 왜 절 미행했고, 이건 또 왜 보여 주시는 건데요?"

"두 질문의 대답은 다 같아요."

"그러니까 그 대답을 하시라고요. 아니면 저 일어설게요."

가방을 붙들고 당장에라도 일어설 기세를 보이며 아람을 바라보았다. 한동안 골똘히 생각에 잠겼던 아람이 손을 뻗어 내 손등에 얹었다. 그러고는 입을 열었다.

"작가님 남편분, 작가님이 아시는 분이랑은 다른 사람일지도 몰라요."

내 남편이 내가 아는 사람과 다른 사람……?

그 말의 사실 여부와 상관없이 가슴이 덜컥, 내려앉았다.

"지금 그 말…… 비유적 표현인가요, 직설적 표현인가요?"

"그 역시 둘 다예요."

선문답을 주고받는 기분이었다. 미친 소리 그만 듣고 여기서 자리를 박차고 일어나, 구회영. 그냥 나가 버려! 마음속 한편에서 그런 목소리가 들려왔지만, 몸이 의자에 붙박인 듯 옴짝달싹하지 않았다.

"제 웹소설에서처럼 다른 사람이 빙의라도 했단 말씀을 하시려는 건 아니죠?"

아까 특강에서 아람이 했던 마지막 질문이 자꾸만 마음에 걸렸다.

'그 일이 소설이 아니라 현실에서 실제로 일어났다면요? 그래도 웃어넘기실 수 있나요?'

말도 안 돼. '회빙환'은 어디까지나 작가가 이야기를 흥미롭게 펼쳐 보이고, 주인공의 처지나 신분, 능력치를 하루아침에 뒤바꾸는 허구적 장치일 뿐이지 현실에서 일어날 법한 일은 절대 아니었다.

"그게 빙의인지, 기생인지, 또 다른 자아인지…… 아니면 우리가 알지 못하는 다른 범주의 존재인지는 솔직히 저도 몰라요. 다만, 그게 원래 사람과 다른 존재인 것만은 확실해요."

원래 사람과 다른 존재……?

아람의 말을 믿고 안 믿고와는 상관없이, 결혼한 뒤로 시광이 어쩐지 낯설게 느껴졌던 순간들이 나도 모르게 떠올랐다. 연애 때의 사소한 기억이 나와 서로 어긋나는 순간도 있었고, 마냥 다정다감했던 연애 시절과는 다르게 시광이 냉혹하고 이기적인 날도 있었다. 극히 드문 일이긴 했지만, 만취하거나 전날 잠을 못 자서 신경이 예민해진 날이 그랬다. 그럴 때 1년 전 교통사고 이야기가 나오면 그는 무섭도록 살기 띤 얼굴로 씹어뱉곤 했다.

*"차라리 잘 난 거야, 그날 사고. 그 사고로 안 뒈졌으면 이원상이란 새끼가 두고두고 세상에 온갖 민폐 끼쳤을 거 아냐. 뒈져서 착해졌으니 그나마 불행 중 다행인 거지. 즉사 안 하고 온몸이 박살 나서 지옥 같은 고통에 몸부림치다 뒈졌다면 더 사이다였겠지만……."*

그럴 때 악에 받친 시광의 얼굴은 섬뜩하기까지 했다. 내가 알던 남편과 같은 사람이 맞나 싶을 만큼……. 하지만 어쩌다 한두 번이 고작이었다. 그런 사소한 단점이 내 완벽한 결혼 생활에 흠집을 내게 하고 싶지는 않았다. 그런데 어제 내 인생에 끼어든 이 여자가 마냥 매끄러웠던 내 일상에 생채기를 내기 시작했다.

그러고 보니 요즘 들어 내가 잠자리에 들었을 때 시광이 홀로 서재에서 심각한 얼굴로 노트북을 들여다보는 날이 잦아졌다. 그러다 내가 깨어 그를 찾아 서재로 들어

설라치면 그는 흠칫 놀라며 노트북을 덮곤 했다.

*"자다 말고 뭐 해?"*

*"아, 환자 차트 좀 볼 게 있어서……."*

그렇게 둘러대는 그의 얼굴에는 분명 당황한 기색이 역력했다. 혹시 바람이라도 피우나 의심스럽다가도 피식 웃으며 고개를 내젓곤 했다. 바람은 무슨…….

무엇보다 연애 때와 달리 차가워진 시광의 체온이 못내 마음에 걸렸다. 연애 때에는 손만 잡아도 온몸에 따스한 기운이 전해질 정도였다.

*"어릴 때부터 몸에 열이 많은 체질이라 엄마가 인삼 넣고 삼계탕 해 주시면 열이 펄펄 나서 며칠씩 잠도 설치고 다 벗고 자고 그랬어."*

*"딱 좋네. 난 몸이 찬 편인데……. 겨울에 자기 끌어안고 자면 히터가 따로 필요 없겠다."*

*"자기 끌어안고 있으면 난 히터가 아니라 증기기관차가 되는데? 봐 봐."*

*"뭐야, 또……?"*

그와 몸을 섞고 나서 얼싸안고 누워 소곤대다 다시금 사랑을 나눴던 연애 절정기의 밤이 지금도 기억에 생생했다. 그랬던 그의 체온이 결혼 직후부터 피부에 와닿을 만큼 확 떨어졌다. 한밤중 자다 무심코 끌어안았다가 흠칫 놀라 깰 정도였다. 그 또한 그저 열정의 온도가 연애 때보다 떨어진 탓이라 여겼다.

"원상 씨가 그랬거든요. 사고 전에는 충동적이긴 해도 그렇게 차가운 사람은 아니었거든요."

사고 전……?

"1년 전 교통사고 말고 다른 사고가 또 있었나요?"

"네, 1년 반 정도 됐을 거예요. 그땐 원상 씨가 가해자가 아니라 피해자였어요. 저도 옆에 없었고요. 1년 전처럼 폭우가 쏟아졌던 날이었는데 역주행으로 달려온 택시랑 부딪쳤어요. 택시 기사는 그 자리에서 죽었는데, 그에 비해 원상 씬 가벼운 뇌진탕 증세 빼곤 별 이상 없었어요. 다음 날 병원에서 퇴원했을 정도니까요. 문제는 그다음부터였어요."

"……?"

"교통사고 이후로 원상 씬 전과는 딴사람이 됐어요. 말 그대로 딴사람. 신경은 예민해졌고 성격이 너무나 차가워졌어요. 냉혹하다 싶을 정도로요. 전엔 오히려 성격이 불같긴 했지만, 인간미는 있었거든요."

원상의 변화는 시광과도 묘하게 일맥상통했다. 하지만 인정하고 싶지 않았다.

"문제의 사고를 일으키기 한 달 전부터는 자다가 벌떡 일어나 하얗게 질린 얼굴로 발작하면서 헛소리를 늘어놓기도 했어요. 자기한테 괴물이 들어왔대요. 그 괴물이 자기를 잡아먹으려고 한대요."

간밤의 악몽이 또다시 머릿속에서 되살아났다. 원상이

게걸 든 괴물처럼 시광을 집어삼키던 광경. 목이 타서 손에 든 생수병을 다 비워 버렸다.

"그 문제로 정신과 상담 치료도 받았어요. 그래도 증세는 나아지지 않았어요. 무엇보다 1년 전 그날, 사고 내기 직전에 작가님네 차를 지나치며 원상 씨가 히죽 웃으며 했던 말이 두고두고 마음에 걸려요."

"무슨 말이었는데요?"

"'호스트를 찾았어.'"

호스트……?

손님을 초대한 주인? 프로그램 진행자? 중앙 컴퓨터? 내가 아는 호스트의 뜻이 머릿속에 차례로 떠올랐다가 지워졌다. 설마…… 기생 생물의 숙주?

"그 희희낙락하던 얼굴을 잊을 수가 없어요. 그 말이 원상 씨의 유언이 됐으니까요. 작가님네 차를 지나친 직후에 불법 유턴까지 해서 가속 페달을 밟아 사고를 낼 때까지 원상 씬 정말 사람이 아닌 괴물이었어요."

목소리에 울음기가 어린 아람의 눈에 눈물이 고였다.

"그날 사고는 저한테도 트라우마예요. 작가님처럼 저도 걸핏하면 악몽을 꿔요. 제가 울고불고 매달려 말리는데도 원상 씨가 끝끝내 차에 올라 빗길에 음주운전하고 '호스트를 찾았어.'란 말을 남기고 불법유턴을 하죠. 사고 직전엔 안전벨트까지 풀어 버리고 충돌 순간 차창을 뚫고 튕겨 나가요……."

하마터면 비명을 지를 뻔했다.

원상이 차창을 뚫고 튀어 나갔다. 내 악몽에서처럼…….

아람은 아람대로 끝내 울음이 터져 입을 틀어막고 고개를 숙이며 소리 없이 어깨를 들썩였다.

"에어백 안 터졌나요? 분명 터졌다고 들었는데……."

내가 넋 나간 사람처럼 중얼거리자, 아람이 코를 훌쩍이며 고개를 들었다.

'자기야, 그날 그 차도, 우리 차도 에어백이 터졌어. 가해자가 우리 차 차창까지 날아오려면 그 차와 우리 차 에어백부터 뚫었어야 한다, 이 말이지.'

시광은 분명 그렇게 말했다. 같은 상황을 두고 시광과 아람, 두 사람의 말이 달랐다. 둘 중 한 명은 거짓말했다는 뜻이었다. 그리고 내 악몽은 아람의 편이었다.

긴 한숨을 몇 번인가 내쉬며 울음기를 누그러뜨린 아람이 대답했다.

"작가님네 차는 에어백이 터졌는데 저희 차는 안 터졌어요. 저도 그게 이상했는데 나중에 사고조사계 경찰이 나와서 알려 주더라고요. 우리 차 에어백 센서와 연결된 배선이 망가져 있었대요. 누가 일부러 미리 손을 쓴 거 같다고……."

이원상이 그랬을까. 만일 그랬다면 도대체 왜……?

시광은 왜 거짓말했을까. 나를 안심시키려고……?

"원상 씬 작가님네 운전석 차창에 처박혔고, 만신창이

가 된 와중에도 작가님 남편 쪽으로 손을 뻗고 죽어 있었어요."

정도의 차이는 있었지만, 내 악몽과 다를 바 없는 내용이었다. 다시금 생수병을 들이켜려다 병이 비었음을 깨닫고 카페 조리대 쪽에 대고 외쳤다.

"여기 생수 한 병만 더 주실래요?"

손이 바들바들 떨려서 주체하기 어려웠다. 양손을 깍지 끼고 꽉 그러쥐었다.

"저한테 왜, 왜 이런 말을 해 주시는 거죠?"

"일단, 작가님한테 진실을 알려 드려야 한다는 부채감이 가장 컸어요. 그날 끝까지 원상 씨를 말리지 못해서 사고 방조자가 된 죄책감도 있었고요. 무엇보다 남편한테 감시받는 작가님을 먼발치서 지켜보면서 같은 여자로서 동병상련의 감정도 느꼈달까요."

'감시'라는 말에 또 한 번 가슴이 철렁 내려앉았다.

"가, 감시라뇨?"

"감시가 아니라면 근무 시간에 자기 병원이 아니라 아내가 진료받던 병원 주차장에까지 와 있었던 남편의 행적을 뭐라고 설명해야 할까요? 걱정? 노파심?"

정 걱정스러웠다면 시광이 말했던 대로 반차라도 내고 진욱의 정신건강의학과까지 나와 함께 갔으면 되었을 일이었다. 굳이 병원 주차장에까지 따라왔다가 내게 거짓말까지 하고 소리 소문 없이 돌아갈 명분이 없기는 했다.

그때 점원이 다가와 생수병을 탁자 위에 두고 갔다.

"이건 원상 씨가 저한테 남긴 마지막 선물이에요."

아람이 제 목에 건 펜던트를 내게 보여 주었다. 금화 모양의 순금 펜던트였다. 해골의 옆모습과 모래시계, 촛불이 그려진 위아래로 'MEMENTO MORI'라는 글귀가 보였다. 아람이 펜던트를 뒷면으로 돌리자, 빽빽한 잎과 뿌리가 펜던트를 가득 메운 생명의 나무 위아래로 'MEMENTO VIVERE'라는 글귀가 보였다. 전작 <시한분데 영생 공녀로 환생했습니다만>에서 중요한 주문으로 썼기에 내게는 익숙한 라틴어 경구였다.

"죽음을 기억하라. 삶을 기억하라……."

내가 문구의 뜻을 중얼거리자, 아람이 고개를 끄덕였다.

"어쩌면 그 말이 원상 씨의 진짜 유언이었는지도 모른단 생각이 들어요. 이 펜던트를 저한테 준 게 바로 그날이었거든요. 그래선지 볼 때마다 생각하게 돼요. 삶과 죽음은 같은 동전의 양면일 뿐이다……."

같은 동전의 양면……. 그럴지도 몰랐다.

**"니년은 내가 죽었으면 좋겠지? 근데 어쩌냐? 난 천년만년 살 건데……."**

밥도 떠먹여 줘야 받아먹고 똥오줌도 못 가리면서 머릿속에 오로지 살겠다는 노욕만 남아 악을 쓰고 약을 올리는 엄마를 보며 나는 사람으로서의 엄마가 이미 죽어 없어졌음을 깨달았다. 숨을 쉬고 말한다고 해서 산 사람은 아니었다. 숨이 멎고 몸이 사라졌다고 해서 죽은 사람도 아니었다. 내 마음속의 엄마는 엄마가 죽기 한참 전에 이미 죽고 없었다. 아니, 어쩌면 내 인생에 진정한 의미의 엄마란 애초에 없었는지도 몰랐다.

"딱 한 번, 저를 진료했던 정신건강의학과 의사한테 원상 씨 일을 털어놓은 적이 있어요. 카그라스 증후군으로 보인다고 하더라고요. 배우자나 가족, 친구처럼 자기랑 가까운 사람이 그와 똑같이 생긴 다른 사람으로 바뀌었다고 믿는 망상 장애래요."

"아……."

아람이 덧붙인 말을 듣고 나도 모르게 감탄사를 터뜨렸다. 불과 하루 전, 진욱에게 정반대의 망상 장애인 프레골리 증후군 이야기를 들었으니 절묘한 타이밍이었다. 나는 전혀 다른 사람을 엄마로 착각했고 아람은 원상이 다른 사람으로 바뀌었다고 믿었다. 프레골리 증후군과 카그라스 증후군의 만남. 과연 우연일까. 아람이 그랬듯 나 또한 그녀에게 동병상련의 감정을 느꼈다.

"전 제 판단이 망상 따위가 아니라 믿어요. 제가 작가님한테 해 드릴 말은 여기까지예요."

아람은 제 할 말을 다 했다는 듯 자리에서 벌떡 일어섰다. 아직 풀리지 않은 의문이 너무나 많았지만, 붙들어도 뿌리칠 기세였다. 자리를 뜨기 전, 아람은 내가 아닌 허공에 대고 뭐라 중얼거렸다. 그와 거의 동시에 카톡 알림음이 울렸다. 시광이었다.

언제 와?

# 6. 지하실

온다.

손이 온다.

손이 모는 빨간 BMW가 교차로 맞은편에서 신호를 어기고 중앙선을 넘어 미친 듯이 내달려 온다.

"조심해!"

내 절규와 동시에 눈부신 전조등이 눈앞을 뒤덮는다. 굉음이 귀청을 찢는다. 손이 우리에게로 달려든다.

우그러드는 보닛과 BMW의 앞 차창을 뚫고 튀어나오는 놈의 얼굴이 보인다. 희번덕거리는 눈빛과 히죽거리는 입이 섬뜩하기 그지없다. 운전석으로 날아온 놈의 머리가 앞 차창을 꿰뚫고 들어와 시광과 맞부딪힌다. 핏덩어리가 된 놈은 거대한 해마 그 자체다. 해마가 시광을 통째로 집어삼킨다. 꾸역꾸역……. 시광의 머리부터 발끝까지 완전히 집어삼키자, 터질 듯 부풀어 오른 해마의 몸뚱이가 반투명해진다. 그 속에서 시광이 입을 쩍 벌리고 몸부림친다. 해마가 시광을 놓아줄 리 없으니, 헛된 몸부림이다. 반투명해진 해마가 서서히 시광의 몸에 녹아들기 시작한다.

어느덧 해마는 사라지고 시광만 남는다. 엷은 막처럼 숨통을 가로막던 놈이 사라지자, 시광이 깊은숨을 토해 낸다. 피범벅이 되어 바들바들 떠는 시광은 이제 막 어미의 배 속에서 세상으로 나온 신생아 같다.

이윽고 시광이 번쩍, 눈뜬다.

그의 눈알 검은자 둘레에서 금빛 링이 번뜩인다.


비명을 지르며 튕겨 일어났다.

몸을 일으킨 뒤에도 목이 터지라 비명을 질렀다. 악몽인지 현실인지 모를 와중에도 해마가 된 시광의 눈알이 머릿속에 깊숙이 아로새겨진 채 떠나지 않아서 바들바들 떨었다.

현실 감각이 돌아온 뒤에도 침대에 꼼짝하지 못했다. 진욱의 병원에서 처방해 온 약을 꾸준히 먹은 지도 일주일이나 지났다. 하지만 증세는 나아지지 않았다. 오히려 나날이 심해졌다. 도대체 악몽은 왜 매일같이, 정도를 더해 가며 나를 짓누르는 걸까.

'지금 작가님 남편…… 진짜 남편이라 믿으세요?'

침대 위에 쪼그리고 앉아 눈앞의 허공을 멍하니 바라보던 중 아람의 말이 떠올랐다. 번뜩, 머릿속에 의심이 스쳤다.

만약에 1년 전 사고 때 시광이 정말로 죽었다면……?

지금 내 옆에서 함께 사는 남편이 시광을 죽이고 그 자리를 차지한 다른 존재라면……?

애초에 사고를 낸 이원상도 실은 평범한 사람이 아니었고, 그날 사고도 원상이 일부러 낸 충돌이었다면……?

'호스트를 찾았어.'

우리 차를 지나치며 원상이 했다던 말도 두고두고 마음에 걸렸다. 그 '호스트'가 정말 기생 생물의 숙주를 가리키는 말이었다면……?

그러다 또 다른 의심이 고개를 들었다.

혹시 악몽이 점점 심해지는 이유가 아람을 만나고 온 뒤로 생긴 후유증 때문은 아닐까?

그날 아람이 내게 들려준 말들은 대부분 믿기지 않는 이야기였다. 내가 진욱의 병원에 갔던 날, 시광이 병원 주차장에 와 있었다는 말도 돌이켜 보면 미덥지 않았다.

내게 보여 준 블랙박스 동영상이 있기는 했지만 조작한 영상일 가능성이야 얼마든지 있었고, 가뜩이나 바쁜 시광이 굳이 내게 거짓말하고 병원 일 제쳐 두고 몰래 나를 따라와 얻을 만한 수확이 아무리 생각해 보아도 없었다. 전에도 그가 의처증 증세를 보였다거나 거짓말을 자주 하는 사람이었다면 또 모를까. 아람을 만나고 집에 돌아온 저녁, 그는 오히려 구첩반상을 차려 놓고 나를 맞았다.

*"왜 이렇게 늦었어? 고생 많았지? 밥 먹자. 마늘도 없는데 혼자 밥 먹기 싫어서 안 먹고 여태 기다렸어. 이제 나저제나……."*

손수 요리하느라 바빴을 테니 적어도 그날은 내 뒤를 밟지 않았다는 증거였다. 어쩌면 그 전날에도…….

아람이 해 준 이원상의 이야기도 이미 원상이 죽고 없어진 마당에 지어내자면 얼마든지 지어낼 만했다. 나는 아람이 원상의 여자친구였다는 사실 말고는 달리 그 여자가 어떤 사람인지 아는 바가 전혀 없었다. 아람이 허언증 환자인지도 모르고, 본인 말대로 카그라스 증후군 환자인지도 몰랐다. 뇌 질환 환자는 대개 자기 증상을 부정하기 마련이니까. 엄마도 그랬다.

*"알츠하이머? 그러니까, 내가 치매란 소리야? 어떤 쌍놈의 인간이 그딴 헛소리를 함부로 나불대? 누구야? 당장 대! 내가 쫓아가서 그 인간 아가리를 확 찢어 죽여 버릴 테니까!"*

어쩌다 내가 자기 병명을 입에 올리기라도 하면 엄마는 눈을 뒤집고 길길이 날뛰었다. 자기 병을 부정하는 한 절대 그 병에 걸리지 않으며, 인정하는 순간 정말 자기가 그 병에 걸린다고 믿는 눈치였다. 그러나 엄마의 해마는 나날이 쪼그라들었고 제정신이 돌아오는 순간보다 나가는 순간이 더 많아졌다. 정신이 나가면 엄마는 눈앞의 허공을 멍한 눈으로 바라보며 몇 시간을 하염없이 보내기도 했다. 내 눈에는 그토록 무의미해 보이던 유체이탈의 시간이 엄마에게는 무슨 의미가 있었을까.

**"작가님 남편분, 작가님이 아시는 분이랑은 다른 사람일지도 몰라요."**

그날 아람이 나를 미행했던 이유도 따지고 보면 그 말을 전하려는 데에 있었다. 하지만 고작 그 말 전하겠다고 교통사고 위험을 무릅쓰고 남의 집 앞까지 추격전을 벌이고 다음 날 특강에까지 찾아왔다고……? 명분이 너무 보잘것없었다. 게다가 내가 덜미를 붙들지 않았더라면 아람은 특강에서 가시 돋친 질문만 해 버리고 자리를 떴을 터였다. 혹시 아람에게 뭐가 다른 속셈이 있지는 않았을까.

침대 옆 협탁 위의 휴대폰을 집어 들었다.

오늘 악몽에서 우리 차 차창으로 날아온 원상은 거대한 해마가 되어 시광을 집어삼켰다. 그러고는 끝내 시광과 하나가 되었다. 그 눈빛이 남긴 인상이 너무나 강렬해서 도무지 잊히지 않았다. 휴대폰의 웹브라우저를 열고 구글에 들어가 '해마' '눈동자' 등등을 붙여 검색해 보았다. 한참 만에 찾아냈다.

**[타이거테일 해마의 눈 구조를 강조한 클로즈업 사진]**

악몽에서 봤던 시광의 눈동자와 너무나 비슷한 사진이었다. 사진 속 타이거테일 해마의 눈알 검은자 둘레에 금빛 링이 번뜩였다. 일식 때 남은 태양의 테두리 빛처럼……. 아니라고 하고 싶어도 악몽 속에서 해마가 된 시광의 눈과 똑같았다.

내가 이런 이미지를 본 적이 있었던가?

진욱에게서 해마 이야기를 들었던 날에도 굳이 구글 검색까지 해 보지는 않았다. 그런데 어떻게 이 눈알이 악몽에까지 나왔을까. 꼭 요 며칠이 아니더라도 언젠가 이런 이미지를 보고 잊어버렸을지도 몰랐다. 깊이 가라앉아 있던 그 이미지를 내 해마가 끄집어내어 악몽 속에 집어넣었는지도 몰랐다.

**[해마는 수컷이 임신, 주머니 속에 태반도 생겨]**

검색 결과 중에는 그런 제목의 뉴스 기사도 있었다. 해마는 척추동물 중 유일하게 수컷이 새끼를 낳는데 암컷에게 알만 받아 키우는 주머니인 줄 알았던 보육낭이 실은 사람의 태반처럼 바뀐다는 내용이었다. 알에서 깨어난 배아가 자라는 동안 주머니 내막이 두꺼워지고 배아를 감싸 안는 형태로 바뀌며 실핏줄이 생기고 조직이 얇아져 공기가 잘 통하게 된다는 내용이었다. 거대한 해마가 된 원상과 그 주머니 속에서 새로 태어난 시광……? 어처구니없는 지경으로까지 뻗어가는 망상에 질려 휴대폰을 침대 귀퉁이에 내던졌다.

더 검색하다가는 머리가 돌아 버릴 듯했다.

"모르겠다, 도대체 뭐가 뭔지……."

평소보다 더 오래 잤는데도 악몽의 여파 때문인지 머릿속은 안갯속이었다. 남보다 배 이상 크다는 해마가 기억에도 없는 악몽을 만들어 내는 데에는 도움을 줄지 몰라도 추리력이나 정신력에는 딱히 도움이 안 되는 듯했다.

돌아보니 침대 옆자리는 비어 있었다. 오늘도 시광이 출근하는 날이었던가? 아니었다. 오늘은 병원 근무가 없는 일요일이었다. 침대 옆 협탁 위를 살폈지만, 시광이 남긴 메시지는 없었다. 다시 휴대폰을 집어 들고 그에게 전화를 걸어 보았다. 신호가 가기도 전에 전원이 꺼져 있어 음성 사서함으로 연결된다는 안내가 흘러나왔다. 휴대폰을 다시금 훑어봤지만, 그에게 온 연락은 없었다.

"전화도 꺼 놓고 어디 갔어, 이 사람……."

침대에서 내려와 시광을 찾아 집 안을 돌아다녔다. 혹시 평소 잘 하지 않던 운동이라도 하나 싶어 운동기구가 그득한 운동실 문을 열어 보았다. 역시 없었다. 차고 문을 열어 보니 그의 차와 내 차 모두 그대로 있었다.

현관문을 열고 밖으로 나와 보니 여름 오전의 후끈한 열기가 얼굴에 훅 달려들었다. 밖으로 나온 김에 사료 그릇에 고양이 밥을 챙기며 외쳤다.

"까비야, 밥 먹자. 까비!"

평소 같으면 곧장 달려왔어야 할 고양이도 어쩐지 감감무소식이었다. 목청을 높여 몇 번을 더 불러도 마찬가지였다.

"뭐야, 다들 어딜 간 거야."

한여름 오전의 전원주택 안팎은 마냥 고요하기만 했다. 심지어 며칠 전까지 그토록 요란하게 울리던 매미 울음소리마저 들리지 않았다. 내가 악몽 속에서 허우적대는 사이 세상이 멸망하기라도 한 듯……. 그 고요가 한갓지기보다는 불길했다. 폭풍 전야의 고요.

에이, 아니다. 아무것도 아니야. 어디서 잘 노느라 내 목소리를 못 들었겠지. 뒤숭숭한 꿈자리가 불러일으킨 호들갑이라 여기며 집 안으로 돌아섰다. 현관으로 들어서며 유심히 보니 평소 시광이 산책할 때 신는 운동화는 물론, 다른 신발들도 그대로 놓여 있었다. 시광이 집 안에 있다는 증거였다. 그렇다면 지금 그가 있을 곳이라고는 단 한 군데, 지하실뿐이었다.

**"여긴 나만의 아지트. 어릴 때부터 여기 틀어박혀서 실험도 하고, 잡동사니도 만들고 별짓 다 했어. 아, 그렇다고 미친 과학자처럼 시신 재생 실험 같은 걸 한 건 아니고…….**

집을 보여 주던 날, 시광은 지하실 문을 가리키며 그렇게 소개했다. 어떻게 생겼는지 한번 들여다보고 싶다는 내 말에 그는 반농담조로, 그러나 완강하게 거절했다.

*"어허, 나만의 아지트라니까. 부모님도 이 문은 절대 안 열어 보셨어. 결혼하고 나서 나중에 날 잡아서 정식으로 한번 보여 줄게."*

*"뭐야, 자기 보면 '안 교수님, 리스펙!' 이러는 남자라도 가둬 놓고 키우는 거?"*

어쩐지 떨떠름했지만, 나도 그렇게 웃어넘겼다.

결혼 뒤에도 시광은 단 한 번도 지하실을 공개하지 않았다. 평소에도 지하실 문은 늘 시광의 지문으로만 열리는 지문 인증 시스템으로 굳건히 봉해진 채 단 한 번도 열리지 않았다. 나도 지하실만은 '안시광 외 출입 금지'라 여기고 들어가 볼 생각조차 하지 않았다.

"자기야, 거깄어?"

지하실 문으로 다가가서 문에 대고 물었다. 여전히 돌아오는 대답은 없었다. 지문 인증 시스템 위쪽 액정에 뜬 문구가 보였다.


DOOR OPEN

한일자 모양의 철제 문손잡이에 손을 갖다 댔다. 시광의 몸처럼 차가워서 온몸에 소름이 으스스 돋았다. 어쩐지 해서는 안 될 짓을 하는 기분이 들어 가슴이 두근거렸다. 그냥 돌아설까.

잠시 망설이다 손잡이를 서서히 아래로 내려 보았다.

저항감 없이 스르륵 돌아갔다. 살며시 문을 열어 보았다. 소리도 없이 문이 열렸다.

가장 먼저 은근히 역한 누린내가 나를 맞았다. 고기 탄 내였다. 냄새 때문에 온갖 실험 도구와 독극물 연기가 피어오르는 플라스크 따위를 상상했지만, 막상 문을 열고 들어서니 지하실은 깔끔한 수술실처럼 보였다. 지하실 한복판을 차지한 철제 침대를 등지고 선 시광의 뒷모습이 한눈에 내려다보였다. 침대 옆에 각종 전선이 이어진 기계가 보였다. 뭐지, 저건?

"자기야, 뭐 해?"

등 뒤로 그를 불렀지만, 시광은 내 목소리가 들리지 않는지 나를 등진 채 철제 침대 앞에 서서 무슨 작업을 계속했다. 콧노래까지 부르며…….

온몸의 피가 식는 듯했다.

지하실에 들어서기 전까지만 해도 따뜻했던 공기가 싸늘하게 피부에 와닿았다. 등 뒤의 출입문이 저절로 쿵 닫혔다. 그 소리가 천둥처럼 울려 흠칫했지만, 시광은 돌아보지 않았다. 당장 뛰어가서 시광의 어깨를 잡아 돌리고 싶은 충동이 들었다. 저 남자가 정말로 시광이 맞는지, 맞는다면 무슨 짓을 하는지 알고 싶었다. 하지만 알고 싶지 않기도 했다. 영원히 모르고 싶었다.

전자의 충동이 이겼다. 나는 조심스럽게 몸을 왼편으로 돌렸다.

지하실 왼편 바닥으로 통하는 계단을 하나하나 내려가기 시작했다. 곁눈질로 시광을 유심히 살피니 귀에 꽂은 에어팟이 보였다. 거기서 요란한 헤비메탈 음악이 흘러나왔다. 그제야 그가 내 부름에 돌아보지 않았던 이유를 알 만했다.

지하실 바닥에 내려섰다.

시광의 뒤로 조심조심 다가갔다. 그러다 그가 옆으로 몸을 튼 순간, 철제 침대 위에 드러누운 형체를 보았다.

페르시안 까비였다.

사지가 벌려져 묶인 고양이의 몸 여기저기에 동그란 전극이 붙었고, 털을 밀어 버린 민머리에 작은 머리띠가 감겨 있었다. 고양이에게 붙은 전극은 침대 옆에 놓인 기계로 이어졌다. 시광이 기계의 스위치를 켜자, 전류 흐르는 소리가 나며 고양이의 사지가 바들바들 떨렸다. 머리띠에서 연기가 피어오르며 누린내가 났다. 그때마다 고양이가 입을 쩍 벌리고 소리 없는 비명을 질러댔다.

나도 입으로 터져 나오려는 비명을 틀어막은 채 뒷걸음질 쳤다. 그러다 계단 난간에 턱 부딪혔다. 등 뒤의 인기척에 시광이 돌아보았다. 그때 나는 보았다.

그의 눈알 검은자 둘레에서 번뜩이는 금빛 링을……

# 7. 펜던트

"자기야, 잠깐만!"

지하실을 뛰쳐나가는 내 뒤를 따라오며 시광이 외쳤다. 지하실 계단을 두세 개씩 성큼성큼 뛰어오르다 발을 헛디뎌 계단 모서리에 정강이를 호되게 찧었다. 그래도 아픈 줄 몰랐다. 다시 달려서 지하실 문 앞에 다다라 문손잡이를 잡아 돌려 문을 벌컥 연 순간, 시광이 내 어깨를 붙들며 문을 도로 닫아 버렸다. 꽝!

다시 돌아본 시광의 눈은 언제 그랬냐는 듯 이전과 다름없었다. 너무 놀라서 내가 헛것이라도 보았나 의심스러울 정도였다.

"괜찮아? 안 다쳤어?"

괜찮지 않았다. 계단 모서리에 찧은 정강이도 뒤늦게

욱신거렸다. 내가 인상을 찌푸리며 입술을 깨물자, 그가 내 앞에 쪼그리고 앉으며 내 정강이를 살폈다.

"봐 봐, 어디. 에헤이, 까졌네. 가만있어 봐, 어디 듀오덤이 있을 텐데……."

계단을 내려간 그가 지하실 구석에 놓인 사물함을 열고 안을 뒤적였다. 구급함에서 상처 치료 습윤 밴드와 가위를 찾아온 그가 계단을 성큼성큼 올라와 다시 내 앞에 쪼그려 앉았다.

"그러게, 나중에 정식으로 보여 준다니까 왜 예고도 없이 들어와서……."

그가 정강이 상처에 밴드를 붙여 주며 중얼거리는 말도 내 걱정이 아니라 원망으로 들렸다.

"미, 미안해. 나, 난 그냥 자기가 안 보여서 여기저기 찾다가…… 문이 열려 있어서……."

아무렇지도 않은 척 대답하려고 했지만, 말도 더듬고 목소리도 떨렸다.

"어떻게, 걷는 덴 지장 없겠어?"

그가 물었지만, 내 눈길은 고양이를 전기고문 하는 철제 침대 쪽으로 흘끔흘끔 향했다. 보지 마, 구회영. 넌 아무것도 못 본 거야.

"아, 저거……? 좀 놀랐겠다. 근데 별거 아니야. 전에 말했잖아. 여기 내 아지트라고……. 내 소소한 취미 공간이자 연구 공간이야."

멀쩡한 고양이 잡아다 지하실에서 전기로 지지는 고문이 소소한 취미이자 연구인 사람이 세상에 몇이나 될까. 열지 말았어야 할 판도라의 상자를 열어 버린 듯 찝찝하고 끔찍했다.

"자기가 알아듣게 일일이 다 설명하긴 어렵지만, 저게 보이는 거처럼 이상한 게 아니라 ECT라고, 전기경련요법인데 일종의 임상실험이라고 보면 돼. 재 생명에 지장이 있는 것도 아니고……."

그의 해명도 믿기지 않았다. 온전한 전기경련요법에 고기 탄내가 진동할 리 없었다. 지금 그가 벌이는 짓이 내 눈에는 임상실험이 아니라 동물 학대로밖에 보이지 않았다.

"그래, 그렇게 이해할게."

마음에도 없는 말로 이해한 척 고개를 끄덕였다. 여기서 그의 비위를 건드리기라도 할까 봐 조마조마했다.

"자기한테는 안 할 테니까 너무 걱정하진 말고……."

그가 농담조로 던진 말도 섬뜩하기 짝이 없었다. 제 심기만 건드리지 않으면 내게 저런 짓을 저지르진 않겠다는 협박처럼 들렸기 때문이었다.

"어……?"

씩 웃으며 나를 바라보는 시광의 얼굴도 소름 끼쳤다. 내 표정을 읽은 그가 달래듯 말했다.

"자기야, 자기가 무슨 생각 하는지 알겠는데, 그런 거 아냐. 나도 자기 쓰는 소설 쪽은 아무것도 모르니까 자기가 어떻게 쓰든 간섭 안 하잖아. 자기도 이쪽 계통엔 전문가가 아니니까 그냥 신랑이 쉬는 날 뭔가 혼자 지지고 볶고 연구하나 보다 생각하고 그냥 웃어넘겨 주라."

간섭하고 싶지 않았다. 하지만 웃어넘기기는 어려웠다.

"하긴 자기 눈엔 비주얼이 충격적으로 보였을 수도 있겠다. 미안해. 지하실 문이 원래 자동으로 잠기는 건데 뭔가 오류가 있어서 열려 있었나 보네."

앞으로 이런 해괴한 짓을 지하실에서 하지 않겠다는 다짐은 끝내 없었다.

"아침 먹어. 난 먼저 먹었으니까."

닫았던 문을 다시 열어 길을 터 주며 시광이 내게 말했다. 문이 열리자 비로소 살길이 열린 듯했다. 한시바삐 이 지하실에서 달아나고 싶었다. 당장에라도 시광이 나를 계단 밑으로 질질 끌고 내려가 저 철제 침대 위에 눕힐지도 몰라 불안했다.

철제 침대 쪽을 흘끔대는 내 눈길을 알아챈 그가 너털웃음을 터뜨리며 내 등을 툭 떠밀었다.

"알았어, 바로 풀어 줄 거야. 걱정하지 마."

그 말에 뭐라고 대꾸하지도 못하고 헐레벌떡 지하실을 나서는 나 자신이 한심스러웠다. 지하실을 나와 복도를 걷는 동안에도 다리가 후들거리고 두근대는 심장이 가라앉지 않았다. 솔직히 시광이 두려웠다.

등 뒤로 지하실 문이 닫히고 잠금장치가 작동하며 문

잠그는 소리가 났다. 그 순간 기억났다.

시광에게 고양이 털 알레르기가 있었음을…….

◇◇◇◇

"역시 와규는 A5 등급 고베규가 최고야. 한우랑은 퀄리티부터가 달라."

시광이 나이프로 썬 와규 스테이크를 입에 넣고 우물거리며 중얼거렸다. 육즙을 음미하며 황홀한 듯 눈을 지그시 감는 그의 얼굴도 보기 싫었다. 결혼 전에는 사소한 몸짓과 말투, 표정 하나하나까지 매력덩어리였던 안시광이 눈앞의 남자와 같은 사람 맞을까. 아무래도 아닌 듯했다.

시광이 스테이크를 난도질한 접시에 피가 흥건했다. 스테이크 단면에 가득한 마블링도 보기 거북했다. 일본 고베에서 키운 최고급 와규로 만들었다 해서 '고베규'라 부른다고 했다.

"자기는 안 먹어? 먹어 봐, 이거 원래 우리나라에선 돈을 다발로 줘도 먹기 힘든 고기야."

굳이 말하지 않아도 메뉴판을 보고 눈이 휘둥그레졌다. 저 핏덩어리 한 접시 가격이 무려 어지간한 집의 한 달 치 식비였다. 예전 엄마랑 둘이 살 때로 치면 몇 달 치일 터였다.

"자기 더 먹을래? 난 좀 입맛이 없네."

내 접시의 고기를 포크와 나이프로 덜어 그의 접시로

넘겼다. 그는 떨떠름한 얼굴로도 마다하지는 않았다.

"왜 그래, 오랜만에 자기 기분 풀어 주려고 큰맘 먹고 왔는데 얼굴이……."

기분 풀어 줄 마음이었다면 이런 데에서 고기 몇 점에 큰돈을 날릴 일이 아니라 진심으로 사과했어야 했다.

지하실 고양이 사건이 벌어진 지 사흘이 지났다. 그동안 고양이에게 도대체 왜 그런 짓을 저질렀는지 시광은 털어놓지 않았다. 나도 더는 캐묻지 않았다. 아니, 캐묻지 못했다. 그랬다가 내게도 불똥이 튈까 두려웠다. 그리고 시광의 말대로 부부 사이라도 넘지 말아야 할 영역은 있게 마련이었다. 나 또한 그의 허락 없이 지하실을 열고 들어갔으니, 그가 진작 접근금지 표지판을 달아 놓은 영역에 발을 들였는지도 몰랐다.

나르시시스트 엄마와 사는 내내 가장 큰 고충이 그것이었다. 멋대로 내 영역에 불쑥불쑥 발을 들여 흙발로 헤집어 놓고도 나중에 따지고 들면 '그게 뭐 어때서? 내가 뭘 어쨌다고?'라는 식으로 받아치는 후안무치.

**"엄마가 딸자식 서랍 좀 뒤져 봤다. 그게 뭐 그리 대순데? 프라이버시? 프라이버시 좋아하네. 부모 자식 간에 그딴 게 어딨어? 그딴 거 따지려면 나가서 혼자 살아!"**

내가 어릴 때부터 엄마는 자식이 자기 소유물이니, 자식의 개인 영역 따위는 멋대로 넘나들어도 상관없는 면책특권이 자기에게 있다고 착각했다. 물론 반대 상황에서는 한없이 엄격했다. 편의점 아르바이트 첫 달 월급이 내 계좌로 들어왔을 때 엄마가 통장을 빼앗아 가며 했던 말이 지금도 생생했다.

**"니 돈이나 내 돈이나, 그 돈이 그 돈이지."**

와인 카트를 끌고 온 매니저의 말이 나를 과거의 그림자에서 끄집어냈다.

"와인 드리겠습니다. 샤토 라피트 로칠드 주문하신 거 맞으시지요?"

매니저가 카트 위에서 꺼내 든 와인을 흘끔 본 시광이 인상을 쓰며 손을 들어 매니저를 멈춰 세웠다.

"잠깐만요, 매니저님."

"네? 무슨 문제라도……."

"이거 2017년산이잖아요."

그의 말대로 매니저가 손에 든 와인 라벨에는 '2017'이라 숫자가 박혀 있었다.

"아……. 샤토 라피트 로칠드 주문하시지 않으셨나요?"

"제가 주문한 건 샤토 라피트 로칠드 2018년산이에요. 2017년산이 아니라……. 지금 그건 2017년산이고요. 두 와인이 한 병에 몇십만 원이나 가격 차이가 나는데 그것도 구별 못 하시고 갖다주시면 안 되죠."

"아, 정말 죄송합니다. 확인해 보고 제가 다시……."

"됐고!"

"네?"

매니저를 빤히 올려다보던 시광이 탁자 위에 소리 나게 포크와 나이프를 내려놓았다.

"와인은 됐고, 점장님 좀 불러 주시겠어요?"

"네? 점장님은 왜……?"

"매니저님은 말끝마다 말이 좀 짧으시네요? 문장 끝까지 끝맺는 법 안 배웠어요? 와인 건도 그렇고 말버릇도 그렇고, 둘 중 하나를 하셔야겠어요. 매니저 교육을 제대로 받으시든가, 적성에 맞는 다른 직업을 찾아보시든가."

시광의 인격모독에 가까운 비난에 매니저의 얼굴이 붉게 달아올랐다. 뭐야, 도대체…….

"자기야, 왜 그래?"

목소리를 낮춰 그에게 그만하라고 신호를 보냈지만, 시광은 나를 거들떠보지도 않았다. 달려온 점장이 시광에게 90도로 연거푸 허리를 굽혀 사과하고 음식값의 20%를 할인해 주는 선에서 사건은 일단락되었지만, 레스토랑을 나오는 순간까지도 시광은 굳은 얼굴을 펴지 않았다. 운전석에 오른 그가 끝내 차디찬 목소리로 나직이 씹어뱉었다.

"버러지 같은 것들이……."

"왜 그랬어?"

외곽도로를 달리며 집으로 돌아오던 차 안에서 시광에게 물었다.

"뭐가."

운전석의 시광은 태연한 얼굴이었다.

"레스토랑에서 말이야. 2017년산 맞잖아, 자기가 주문한 거."

시광은 분명 메뉴판에서 샤토 라피트 로칠드 2017년산을 주문했다. 그러니 주문한 와인을 제대로 가져온 생사람만 잡은 셈이었다. 시광이 매니저에게 따질 때 그 말을 하려다 자기 실수인 줄 알게 되면 시광이 무안해할 성싶어 꾹꾹 눌러 참았다. 그러나 돌아온 대답은 뜻밖이었다.

"나도 알아. 모르고 그런 줄 알았어?"

입술 한쪽 끝을 끌어올려 씩 웃는 시광의 얼굴이 너무나 낯설었다.

"알고 그랬어? 난 자기가 착각한 줄 알았는데……."

"착각한 적 없어. 알면서 일부러 그런 거야."

커다란 충격이 뒤통수를 뒤흔들었다.

"왜……?"

"그걸 꼭 말해야 알아?"

"어, 솔직히 이번엔 정말 모르겠어."

시광은 대답하지 않았다.

"이유가 뭔지 알려 주면 안 돼?"

내가 거듭 묻자, 그는 성가셔 하는 얼굴로 마지못해 툭 내뱉었다.

"자기 때문에. 기분이 영 별로라 화풀이할 대상이 필요했다고나 할까."

"뭐?"

잘못 들었나 싶어서 그의 얼굴을 한참이나 바라보았다. 지금 그가 하는 말이 도무지 믿기지 않았다. 앞차가 끼어들자, 시광은 경적을 콱콱 눌러 대며 중얼거렸다.

"깜빡이 좀 켜고 들어와라, 등신 새끼야."

그러고도 분이 안 풀리는지 그는 앞차에 대고 상향등을 몇 번이나 번뜩였다. 그 순간 확신했다. 지금 이 남자는 내가 사랑했던 안시광이 아니다. 아람에게서 카그라스 증후군이 전이되었다고 해도 상관없었다.

'작가님 남편분, 작가님이 아시는 분이랑은 다른 사람일지도 몰라요.'

아람의 말대로였다. 내가 알고 믿고 사랑해서 평생 함께하기로 했던 안시광은 이런 사람이 아니었다. 차창에 커다란 빗방울이 툭툭 들러붙기 시작했다.

"거짓말은 왜 했어?"

"거짓말? 무슨 거짓말."

"사고 난 그날 그 차, 에어백 터졌다며. 가해자가 우리 차 차창까지 날아오려면 에어백부터 뚫었어야 한다며……? 그날 그 차 에어백 안 터졌다던데?"

"아아…… 난 또 무슨 말이라고. 송아람이 그랬구나. 그년한테 그것도 물어보지 그랬어. 무슨 꿍꿍이로 여기저기 들쑤시고 다니면서 헛소리나 찍찍 해 대는지……."

"……!"

충격으로 벌어진 입이 다물어지지 않았다. 시광은 그날 내가 송아람과 만났다는 사실까지 훤히 알았다. 단지 모른 척했을 뿐이었다. 금세 폭우가 된 빗발이 차창과 차천장을 후드득후드득 때리는 소리가 유독 크게 들렸다.

"송아람이 말해 줬단 건 어떻게 알았어?"

"자기 차 블랙박스 녹화 영상 돌려봤지. 그날 '노마드'인가 뭔가에서 만나더만."

이번에도 송아람의 말이 정확히 들어맞았다.

'무엇보다 남편한테 감시받는 작가님을 먼발치서 지켜보면서 같은 여자로서 동병상련의 감정도 느꼈달까요.'

이제는 자기가 나를 뒤에서 감시했다는 사실마저도 거리낌 없이 술술 털어놓는 그의 속마음이 궁금해질 지경이었다.

"내가 진욱 씨 병원 갔던 날, 자기도 거기 왔었지?"

"아이고, 오늘 우리 마눌님께서 나한테 궁금한 게 많으시네. 예, 맞아요. 갔습죠."

"근데 왜 자기 병원이라고 거짓말했어?"

"난 그때 우리 병원이라고 한 적 없는데? '잠깐 쉬는 타임'이라고만 했지. 해마가 남보다 크면 기억력도 더 좋아야 하는 거 아냐?"

"자기는 그때 분명 그랬잖아. '이럴 줄 알았으면 내가 월차라도 내고 같이 가 줄걸……."

"그게 내가 거짓말했다는 증거가 돼? 내가 월차라도 내고 같이 가 줄걸, 하고 후회해서 병원까지 가 본 건데? 진료 잘 받고 나오는 거 먼발치에서 보고 돌아서서 병원으로 갔고……. 그게 뭐, 잘못됐어?"

사거리 신호에 걸려 차를 세운 순간, 사이드미러를 흘끔 본 시광이 중얼거렸다.

"어디서 많이 본 차가 또 따라붙었네."

그가 기어봉을 후진에 걸었다. 후방 센서와 카메라가 작동하며 충돌 경고음이 울리기 시작했다. 후방카메라에 잡힌 뒤차 번호판을 확인한 시광이 코웃음 쳤다.

"4391……. 혹시나 했더니 역시나."

그의 말에 나도 후방카메라를 들여다보았다. 4391에 검은 SUV…… 송아람의 차였다.

하필 지금 왜…….

"자기 절친 오셨네, 송아람."

시광에게 어떻게 아느냐고 묻지는 않았다. 개인 정보를 헐값에 사고파는 세상이니 번호판이면 차주가 누구인지 정도는 돈 몇 푼에 금방 알아냈을 테니까.

"아직 못다 한 말이라도 남은 건가, 최신 정보라도 업데이트된 건가?"

나 또한 궁금했다. 진욱의 병원에 갔던 날이라면 시광이 곁에 없을 때라서 그랬다 치지만, 시광까지 함께 있는 지금 아람이 저렇게 우리 차를 뒤따라온 이유가 뭘까. 그날 아람은 분명 내게 해 줄 말은 여기까지라고 선언하고 자리를 떴다. 그런데 또 우리 차 뒤를 쫓아오는 이유가 뭘까. 시광의 말대로 긴히 꼭 전해야 할 새로운 정보라도 생겼을까.

직진 신호가 떨어지자마자 시광은 가속 페달을 힘껏 밟기 시작했다. 내 차를 미행했던 그날처럼 아람은 우리 차를 바짝 뒤쫓아왔다.

"오, 죽기 살기로 따라붙는데? 쟤 혹시 자기 스토커 아니야? 아니면 미행이 취민가……."

시광은 이리저리 차선을 바꿔 가며 속도를 냈다. 아람도 악착같이 우리 차에 따라붙었다. 시광의 말대로 필사적인 기세였다.

시광이 뒤에 따라붙은 아람의 차를 룸미러로 보았다. 그때 눈앞의 교차로 신호등이 적색으로 바뀌었다. 앞서 달리던 경차가 딜레마 존 코앞에서 급정거했다. 그 순간 시광이 급작스레 핸들을 왼편으로 틀어 차선을 바꾸었다.

갈지자로 중앙선을 넘어 경차를 아슬아슬하게 피한 아람의 차가 신호를 무시하고 교차로를 지나갔다.

"쟤도 오래는 못 살겠네."

시광이 아람의 차를 노려보며 중얼거린 말이 귀에 익었다. 1년 전 사고가 나던 날 밤에도 그가 했던 말이었다. 그날 원상의 BMW를 보며 한심해하는 기색이었다면 이번에는 못내 아쉬워하는 기색이었다. 그때 또 한 번의 기시감을 불러일으키는 광경이 내 눈앞에 펼쳐졌다.

아람의 차가 타이어로 아스팔트를 요란하게 긁으며 중앙선 넘어 유턴하더니 곧장 교차로를 건너 우리 차로 달려왔다. 있는 힘껏 가속 페달을 밟았는지 순식간에 우리차 앞으로 다가들었다. 그날 원상이 했던 그대로였다.

"뭐, 뭐야, 저거⋯⋯."

당황한 시광이 전조등을 번뜩였지만, 아람은 속도를 줄이지 않았다. 그때 오른편에서 직진 신호를 받고 출발한 냉동 탑차가 아람의 차를 보고 경적을 눌러 댔다. 그제야 아람도 당황한 듯 핸들을 틀었다. 하지만 아람이 교차로를 채 빠져나가기도 전에 탑차가 아람의 차 옆구리를 들이받았다.

쾅!

아람의 차가 뱅글뱅글 휘돌며 아스팔트를 미끄러지다 우리 차 옆으로 휙 스쳐 지나갔다. 도로를 벗어난 차는 순식간에 가드레일을 들이받고 솟구쳤다가 그 너머의 비탈길로 사라졌다.

"미쳤어, 미쳤어!"

나도 모르게 비명처럼 그렇게 외치며 조수석 문을 벌컥 열고 그쪽으로 내달렸다. 가드레일 너머는 와플 형태의 콘크리트 구조물이었다. 그 구조물 끄트머리에 뒤집힌 SUV가 보였다. 연기가 피어오르는 아람의 차 상태는 한눈에 보기에도 심각했다. 빗물로 번들거리는 비탈길을 주르륵 미끄러지다시피 내려가 보니 차창도 다 깨지고 차 문과 차체도 처참하게 찌부러져 아람이 무사하기는 어려울 듯했다.

"아람 씨! 괜찮아요?"

뻔히 괜찮지 않을 줄 알면서도 운전석을 들여다보며 외쳤다. 운전석에 거꾸로 매달린 채 피투성이가 되어 죽어 가는 아람이 보였다. 흐릿한 눈으로 나를 돌아본 아람이 뭐라고 말하려는 듯 입을 벙긋거렸다.

"말하지 마요! 그냥 그대로 있어요. 119 부를게요!"

휴대폰으로 119에 신고하는데 손이 너무 바들거려서 화면 터치도 버거울 지경이었다. 그때 부서진 차창 틈새로 피에 젖은 손이 나왔다. 그 손에 뭐가 매달려 대롱거렸다. 펜던트였다. 앞에 'MEMENTO MORI'가, 뒤에 'MEMENTO VIVERE'가 새겨진 펜던트. 펜던트가 빗물로 번들거렸다.

"이, 이건 왜요?"

내가 묻자, 아람은 간절한 눈빛으로 펜던트를 흔들었다. 어서 펜던트를 받으라고…… 마지막 힘을 쥐어 짜낸 몸짓이었다.

아람은 단말마의 숨을 몰아쉬는 와중에도 뭐라 힘겹게 중얼거렸다. 그 말을 들으려고 최대한 가까이 귀를 들이댔다.

"해마……."

그 단어를 가까스로 내뱉은 아람이 긴 한숨을 토해 내며 눈을 부릅떴다. 아람의 마지막 눈빛이 향한 쪽은 내 어깨 너머였다. 나도 그쪽을 돌아보았다.

가드레일 너머에 팔짱을 끼고 서서 이쪽을 살기 띤 눈으로 내려다보는 사람이 있었다.

시광이었다.

# 8. 해마탐정

"왜 그랬어?"

시광에게 물었다. 원래는 아무 말도 하지 않고 짐을 싸서 집을 나가려고 했다. 그런데 옷방으로 뒤따라온 시광이 하지 말아야 할 소리를 꺼냈다.

"그 여자가 뭐라고 했어, 죽기 전에?"

캐리어에 옷가지를 닥치는 대로 욱여 담다 멈칫했다.

"걱정 마, 당신한테 불리한 말 같은 거 안 했으니까."

사고 현장에 출동한 경찰의 요구에 경찰서로 가서 목격자 진술을 마치고 돌아온 직후였다.

"그냥…… 궁금해서 물어본 거야."

그의 느물거리는 변명에 소름이 끼쳐 더는 그와 말도 섞고 싶지 않았다. 하지만 그에게 묻지 않고는 넘어가지 못할 질문이 내게도 있었다.

"왜 그랬어?"

"뭘 왜 그래. 앞차가 무리하게 급정거하니까 박을까 봐 옆 차선으로 옮긴 건데⋯⋯."

시광은 사고조사계에서 진술했던 그대로 되풀이했다. 그런 그가 가증스러웠다.

"그 여잘 죽이고 싶었던 거 아냐?"

시광은 내 말에 콧방귀도 뀌지 않았다.

"급차선 변경 정도로 사람이 죽진 않아, 자기야. 죽은 남친한테 빙의돼서 불법 유턴해 남의 차로 돌진하면 죽을 순 있겠지만⋯⋯."

동의하고 싶지 않았지만, 사실만 두고 보자면 맞는 말이었다. 시광이 급차선 변경으로 사고를 유발하긴 했지만, 아람의 죽음은 그와 별개였다. 아람은 도대체 왜 그랬을까.

119구급대가 도착했을 때는 아람이 이미 죽은 뒤였다. 엄마가 죽은 날에도 그랬듯 구급대원들은 의례적인 심폐소생술을 몇 분쯤 하다 DOA를 선언했다. Dead On Arrival. '도착 시 사망'이라는 말이었다. 시광은 구급대원들이 시신을 들것에 옮기고 사고 현장을 뜰 때까지도 싸늘한 눈길로 사고 현장을 마냥 지켜보기만 했다.

"사필귀정이고 인과응보야. 1년 전 그날 음주운전으로 차를 몰다 우리 차 들이받은 그 여자 남친 새끼, 그 새끼

음주운전을 방조했던 가해자 송아람이 오늘에야 그 죗값을 치른 거야. 그건 쌍쌍바로 미쳐 날뛴 그 커플 탓이지, 내 탓이 아니야."

삿대질까지 하며 내게 목소리를 높이는 시광의 눈이 광기로 번뜩였다. 아람의 말이 전적으로 옳았다. 지금 내 남편은 내가 알던 남편이 아니었다. 둘 중 하나였다. 원래 이런 인간이었는데 본모습을 여태껏 감추어 왔거나, 그날 사고로 진짜 시광을 죽인 해마가 버젓이 시광 행세를 하는 중이거나. 차라리 후자인 편이 나을 성싶었다. 눈앞의 파렴치한이 원래 안시광이라면 나는 남자 보는 눈이 쥐뿔도 없는 셈이 되니까.

"그래서, 이제 속 시원해?"

"그래, 시원하다. 뭘 얻어먹겠다고 우릴 졸졸 따라다니던 그년까지 쌍으로 뒈지고 나니 십 년 묵은 체증이 아주 확 뚫린다!"

"그래, 축하해."

더는 할 말도 없고, 하고 싶지도 않았다. 캐리어에 들어가는 만큼만 옷가지를 챙겨 지퍼를 닫았다. 작업실로 가서 맥북을 챙기는데 시광이 거기까지 따라와 내 손목을 붙들었다.

"그래서 집 나가겠다, 이거야? 갈 데도 없으면서……."

"갈 데가 왜 없어? 많아."

"솔직히 자기 갈 데 없는 거 사실이잖아. 다른 여자들처럼 친구가 있길 하나, 처가가 있길……."

시광은 말을 맺지 못했다. 내가 따귀를 날렸기 때문이었다.

"그래, 난 친구도, 처가도 없어. 그래서 골랐어? 기댈 데라곤 단 한 군데도 없으니, 너한테만 무조건 기대고 살까 봐?"

애초에 그와 나는 달라도 너무 다른 조합이었다.

병원에서 환자 보호자와 의사로 마주쳤던 우리가 결혼하게 되리라고는 꿈에도 상상하지 못했다. 급성 충수염으로 입원한 엄마를 간병하는 와중에도 노트북을 놓지 않고 틈틈이 글 쓰는 나를 보고 반했다고 했다. 저 여자라면 아무리 힘든 일이 있어도 꿋꿋하게 헤쳐 나갈 강단이 있다는 확신이 들었다고 했다. 무엇보다 그 병원에서 마주치는 사람 중 그 누구보다도 내가 예뻤다고 했다. 출신이나 신분, 조건이나 집안 배경 따위야 아무래도 상관없다고 했다.

돌이켜 보니 아무래도 상관없지는 않았을 듯했다. 어쩌면 그에게는 아내가 아니라 자기 인생의 빈자리에 꿰맞출 소유물이 필요했는지도 모르니까. 그 어떤 인간관계도 없다시피 해서 나중에 거추장스러울 일이 없을 외돌토리.

엄마가 죽었을 때 아직 남자친구였던 그가 기꺼이 상주로 나서고 화장하는 날까지 함께해 주었을 때 비로소

이 남자라면 평생 함께해도 되겠다 싶었다. '네깟 게 감히 우리 시광이를 넘봐?'라며 따귀를 날리거나 '두둑이 넣었으니 그거 받고 끝내요.'라며 돈봉투를 내미는 클리셰까지도 각오하고 만났던 시광의 부모가 나를 말없이 바라보다 꼭 안아 주고는 했던 말이 지금도 생생했다.

**"시광이한테 좋은 얘기 많이 들었어요. 앞으로 우리 잘해 봐요."**

그렇게 인생 2회차가 찾아온 줄로만 알았다. 그런데 나조차도 깜박한 사실이 있었다. 내 인생의 장르는 애초에 로맨스판타지가 아니라 하이퍼리얼리즘 드라마였다.

"기대고 살라고 안 해, 그냥 내 옆에 있어만 주면 돼."

나를 끌어당겨 와락 부둥켜안은 시광이 멜로드라마 속 남자 주인공의 대사 같은 말을 읊었다. 그러나 아마 그도 알아차렸을 터였다. 그 또한 멜로드라마 속 남자 주인공이 아님을……

그날 결국 이 집을 나가지 않았던 이유는 시광의 연기에 마음이 움직였기 때문이 아니었다. 그의 발연기는 오히려 이 남자가 내가 알던 내 남편 안시광이 아닐지도 모른다는 의심에 확신만 더해 줬을 뿐이었다. 갈 데가 없어서도 아니었다. 웹소설 작가로 제법 성공했으니, 나 혼자서도 얼마든지 홀로 설 능력을 갖춘 뒤였다. 다만, 진실을 알고 싶었다. 내 남편으로 위장한 해마와 나 사이를 둘러싼 미스터리 뒤에 숨은 진실.

다음 날, 시광이 출근하고 난 뒤 가장 먼저 매니지먼트 담당자에게 연락해 원고 마감 일자를 한 달 정도 더 미뤄 달라고 부탁했다. 슬럼프로 글이 잘 풀리지 않는다는 핑계였다. 시간을 두고 신중하게 고민해 좀 더 촘촘하게 이야기를 짜고 싶다고 했다. 반만 사실이었다. 원고 마감보다 중요한 급선무가 있어서라는 말은 하지 않았다.

그러고는 '해마'라는 키워드로 인터넷을 검색하기 시작했다. '해마'와 '빙의', '이상 증상', '교통사고' 등등을 조합해도 보고, 온갖 커뮤니티를 들락거리며 비슷한 경험담이 없는지 찾아다녔다. 반나절 넘게 샅샅이 뒤져도 '해마'와 관련된 정보라고는 바닷속 실고깃과의 해마와 사람의 기억을 담당하는 뇌 부위 해마, 신화 속의 히포캄포스밖에 나오지 않았다.

온라인이 아니라 오프라인에서 수소문을 해 봐야 하나 고심하던 차였다. 구글 검색 중에 '해마 숙주'라는 키워드로 검색했다가 '해마를 아시나요?'라는 제목의 게시물을 찾았다. 엉뚱하게도 홍주시 친목 커뮤니티 경험담 게시판에 '해마탐정'이라는 닉네임의 글쓴이가 반년 전 올린 글이었다.

제가 이 글에서 말하려는 해마는 여러분이 익히 아시는 바닷속 생물 해마가 아닙니다. 우리 뇌 속의 해마도 아니고요. '해마'는 눈에 보이지도 않을뿐더러 고대 생명체인지 외계 생물인지도 확실치 않습니다. 하지만 '해마'는 분명 존재하는 무형의 초자연적 기생체입니다. 한번 숙주의 몸을 차지하면 약 1년 동안은 숙주의 자아를 흡수하는 동안 자기가 해마라는 기억마저 잊고 살아가며, 숙주의 자아를 완전히 흡수하고 몸에 적응한 단계에 이르러서야 자기가 해마란 걸 기억해 내고 자각하는 놈입니다. 다만 1년이 지나도 숙주의 자아를 완전히 흡수하지 못하고 몸에도 적응하지 못하면 원래 자아와 '해마'의 자아가 충돌해 숙주가 조현병을 일으키거나 극단적 선택까지 하게 됩니다. 그런 최악의 상황이 되면 '해마'는 한시바삐 숙주에게서 빠져나와 다른 숙주로 '전이'합니다. 이 글은 소설이 아닌 실화입니다. 추가로 궁금한 게 있으신 분은 댓글 달거나 쪽지 주세요. 확인하는 대로 답변드리겠습니다.

댓글도 몇 개 달리지 않았는데 대부분 악플과 조롱이었다.

　─ 아무리 지역 커뮤라도 이런 똥글은 자제요
　─ 네 다음 해마
　─ 줄 바꿈이나 해라 읽다 눈알 빠질 뻔
　─ 어이 해 씨 헛소리 그만하고 어여 밥이나 먹어!
　─ 약은 먹고 다니냐?
　─ 제 점수는요 탈락입니다

― 글쓴이가 직접 겪은 일인가요?

맨 마지막 댓글에는 '네, 맞습니다'라는 작성자의 대댓글이 달렸다. 반신반의도 아닌 실낱같은 기대로 커뮤니티에 회원 가입을 하고 글쓴이에게 쪽지를 보냈다.

해마탐정님, 안녕하세요. 올려 주신 글 잘 읽었습니다. 혹시 주변인 중에 해마에 씐 숙주가 있다면 알아볼 방법이 있을까요?

쪽지를 보내고 한 시간 넘게 기다려 봤지만, 답장은 없었다. 하긴 올린 지 반년이나 지난 데다 신빙성도 전혀 없어 보이는 글이었다. 보낸 쪽지를 취소하러 들어갔더니 '읽음'으로 바뀌어 발송 취소도 되지 않았다. 역시 괜한 짓이었다. 회원 탈퇴를 하려고 정보 수정으로 들어간 순간, 딩동 소리에 이어 알림음이 울렸다.

**[쪽지가 도착했어요. 빨리 확인해 주세요.]**
발신인은 해마탐정이었다.

네, 있습니다. 1년 내로 죽을 뻔한 큰 사고가 있었고, 그 뒤로 사람이 전과 미묘하게 다른 사람처럼 변했다면 의심해 볼 만합니다. 제 경우는 편두통도 엄청 심했어요. 해마 숙주로 의심되는 사람이 누구인가요?

편두통이 엄청 심했다는 대목에서 멈칫했다. 내게 정신건강의학과 진료를 권했던 날, 시광이 했던 말이 떠올랐기 때문이었다.

'나도 사고 후유증으로 두통이 심해서 타이레놀 달고 살잖아.'

혹시 직접 만나 뵙고 자세한 말씀 여쭤봐도 될까요? 소정의 상담료는 드리겠습니다.

답장은 곧바로 날아왔다.

네, 대면 상담도 가능합니다. 미리 약속 잡고 내비로 '홍주 강기백 탐정사무소' 치시고 오시면 됩니다.

◇◇◇◇◇

그날 오후, '강기백 탐정사무소'라는 낡은 현판이 걸린 허름한 반지하 사무실에 도착했을 때 괜한 약속을 잡았나 싶은 후회가 들었다. 우리나라에서 탐정업이 합법화된 지 몇 년 되지도 않았는데 현판은 몇십 년 정도 묵은 듯했다. 사무실 문을 열고 들어서자, 코를 찌르는 짜장면 냄새와 니코틴 찌든 내에 후회가 더욱 짙어졌다. 차라리 카페 같은 데서 보자고 할걸.

낡은 소파 앞의 탁자에 두 발을 걸치고 쩝쩝 소리를 내며 녹말 이쑤시개로 이를 쑤시던 중년 남자가 사무소로 들어서는 나를 보고 물었다.

"어떻게 오셨어요?"

"아, 저…… 혹시 해마탐정 님 아니신가요? 오늘 두 시에 찾아뵙기로 했던……."

"아아, 히포캄포스 님. 요기 앉으세요."

남자가 턱짓으로 자기의 맞은편 소파를 가리켰다.

"커피 한잔하실래요?"

자리에서 일어나 사무실 구석의 정수기로 다가간 남자가 정수기 생수통 위에 놓인 맥심 모카골드 상자에서 커피믹스 두 봉지를 집어 들었다. 누렇게 색이 바랜 정수기도 청소를 안 한 지 몇 년은 된 듯한 몰골이었다.

"방금 커피를 마시고 와서 괜찮은데……."

"네, 제가 두 개 마실 거예요."

일회용 종이컵에 커피를 타는 동안 남자는 폐부 깊숙이에서 솟구친 걸쭉한 트림까지 해 댔다. 아무래도 도저히 안 되겠어. 총체적 난국이라는 말이 딱 어울리는 첫인상에 1퍼센트의 기대감마저 말끔히 날아가 버렸다. 커뮤니티에 올린 글도 상담료나 뜯어낼 작정으로 알바생을 고용해 올린 낚시 글은 아닌지 의심스러웠다.

더 늦기 전에 미련 없이 돌아서기로 했다. 그냥 돌아서기는 뭣해서 휴대폰을 꺼내 들고 무슨 급한 연락이라도 온 듯 이리저리 만지작거리고 터치 키보드를 띄워 무의미한 자모음을 두들기다 고개를 들었다.

"아, 어떡하죠? 죄송한데 급한 일이 생겨서 다음에 다시 찾아봬야 할 거 같은데……."

꾸벅 인사하고 돌아선 순간, 남자가 뒤에서 중얼거렸다.

"그래요? 폰으로는 아무 연락도 안 온 거 같은데 급한 일이 갑자기 생각나셨나 보네요. 뭐, 그렇게 하시죠."

자기는 별로 아쉬울 일 없다는 듯 비아냥거리는 말투도 마음에 들지 않았다. 그런데 사무실 문을 막 나서려던 순간, 남자의 외침이 내 발목을 붙들었다.

"메멘토 비베레!"

동작을 멈추고 그를 돌아보았다.

"그 문구 어떻게 아세요?"

소파로 돌아가 자리에 앉은 남자가 커피를 한 모금 홀짝이고는 어깨를 으쓱했다.

"모를 리가 있나요. 고대부터 쭉 숙주의 해마에 기생해 영생을 누려 온 해마한테는 그 경구야말로 존재의 모토와 같은데……."

"그러니까 그 문구를 어쩌다 알게 되신 건데요?"

내가 질문을 되풀이하자, 또 한 번 커피를 홀짝인 남자가 털어놓았다.

"제가 한때 해마의 호스트였으니까요."

호스트라는 말에 또 한 번 마음이 움직였다. 이 사람은 정말 해마를 아는 사람일지도 모른다고 반신반의하며 돌아섰다.

"가실 거 아니면 거 앉으시든가. 계속 그렇게 서 있으면 정신 사나워서……."

소파로 와서 그의 맞은편에 앉았다. 낡은 소파의 푹 꺼지는 쿠션감도 거슬렸지만 무시하기로 했다. 이 사람이 진실에 조금이라도 다가서게 해 준다면 오감을 건드리는 불쾌한 자극 정도야 아무것도 아니었다.

"인사가 늦었네요. 들어오다 현판 보셨겠지만, 전 탐정 일로다 먹고사는 강기백이란 사람이요."

내가 통성명을 잠시 머뭇거리자, 기백이 피식 웃으며 손을 내저었다.

"걱정 안 해도 돼요. 고객 개인 정보는 하나에서 열까지 철저히 대외비로 취급하니까."

"아, 네, 구회영이에요."

"구회영…… 구회영……."

내 이름을 되뇌던 기백이 대뜸 제 경험담을 털어놓기 시작했다.

"5년 전에 비가 억수같이 쏟아지던 날, 횡단보도 건너다 신호 위반한 오토바이랑 교통사고가 났어요. 뭐가 어떻게 됐는지도 몰라, 깨 보니까 병원이라서……. 오토바이 운전자는 현장에서 즉사했다고 그러고……. 다행히 죽은 놈이 보험도 들어 놨고, 나도 크게 다친 건 아니라서 치료받고 퇴원했는데 그 뒤로 이상한 이질감 같은 게 느껴지더라고요."

"이질감이요?"

"아, 그…… 뭐라고 해야 하나, 내가 확 달라졌다고 해야 하나, 내 속에 딴 게 들어와 있다고 해야 하나. 사실 사고 전엔 내가 외국어라고는 알파벳도 겨우 알 정도였거든. 근데 이 까막눈한테 느닷없이 라틴어니 그리스어니 하는 꼬부랑글씨들이 보이기 시작해. 떠듬떠듬 읽어 보니까 희한하게 처음 보는 단언인데 막 읽혀져. 거 참 신기하대."

존댓말과 반말을 섞어 쓰다 슬그머니 말을 놓는 말투는 이 남자 특유의 말버릇이려니 넘기기로 했다. 그나저나 하루아침에 라틴어와 그리스어까지 읽게 되었다는 말이 과연 사실일까. 하기는 그렇게 따지자면 '해마'부터가 현실에서는 있을 리 없는 존재였다.

"그거뿐이면 말을 안 해. 이상하게 몸에 활기가 넘쳐서 달리기도 하고 살다 살다 내가 42.195km 풀코스 마라톤 대회를 다 나가서 완주했다니까. 처음에는 멋모르고 좋았지. 이혼하곤 이번 생엔 틀린 줄 알았던 연애도 다 해 봤으니까. 근데……."

커피를 또 한 모금 마신 기백이 말을 이었다.

"1년쯤 되니까 밤마다 머리가 깨질 거같이 아파. 잠들기만 하면 내가 둘로 갈라져 갈가리 찢어지는 악몽을 꾸지 않나. 덜컥 겁이 나더라고. 나중엔 무슨 일까지 생겼냐, 자다 눈을 떴는데 내가 뭘 시키면 감옥에 갇혀 있는 거야. 난 거기서 꼼짝도 못 하는데 내 몸을 차지하고 내 행세 하는 해마를 영화 보듯 지켜보는 거야."

아무래도 자아분열 증상을 겪은 듯했다.

"지금도 그런 증상이 있으신가요?"

"에이, 그러면 사람이 배겨나나. 어찌어찌해서 탈출했지."

"어떻게요?"

사무실 안에 사람이라고는 자기와 나밖에 없는데 기백이 목소리를 낮추더니 은근한 말투로 속삭였다.

"방법이 다 있더라고."

"무슨……?"

"근데 그게 왜 궁금한데? 주변에 해마로 의심되는 사람이라도 있나?"

어차피 여기까지 왔는데 더 감출 이유도 없었다.

"제 남편이요."

"사고는 언제 났고?"

"1년 전이요."

"1년 전이면 해마가 슬슬 본색을 드러낼 타이밍이네."

요즘 들어 딴사람이 된 시광을 떠올렸다. 결혼 전에는 상상도 못 했던 말과 행동을 서슴없이 하는 그는 정말이지 딴사람이었다.

"제 남편도 벗어날 방법이 있을까요?"

"있기야 있지. 근데 나도 먹고는 살아야 해서……."

내 눈치를 보는 그가 무엇을 바라는지 대번 알아차리고 휴대폰을 꺼내 들었다.

"상담료가 얼마죠? 지금 당장 계좌로 보내 드릴게요."

"큰 건 안 바라고, 깔끔하게 한 장이면 돼."

"백만 원이요?"

"에이, 사람 하나 구하는 데 백이면 후려쳐도 너무 후려치는 거 아닌가?"

"그럼…… 천이요?"

기백이 손가락으로 오케이 사인을 보냈다.

"지금 계약금으로 오백 보내 드리고, 말씀하신 방법으로 해결되면 곧바로 잔금 오백 보내 드릴게요. 저도 더는 힘들어요."

나를 빤히 바라보던 기백이 선심 쓰듯 고개를 끄덕였다.

"뭐, 그렇게 합시다, 그럼."


"그런데 이걸 어떻게 다 알아내셨죠?"

기백이 방법을 일러 준 뒤에 내가 그에게 물었다. 기백이 자리에서 일어나 사무실 한편에 놓인 책장 앞으로 다가갔다. 책장에서 책 한 권을 빼 든 그가 자리로 돌아와 탁자 위에 책을 내려놓았다. 연갈색 양장 표지에 제목도 없는 고서였다.

"보이니치 문서라고 들어 봤나?"

"아뇨."

"세상 어디에도 없는 문자와 언어로 쓰인 책이야. 언제 누가 썼는지도 몰라. 대략 15세기 초반에 썼다고들 추측은 하는데…… 제목도 없어서 1912년에 이 책을 입수한 윌프레드 M. 보이니치라는 서적상 이름을 따다 붙였어. 찾아보니 여기에 방법이 있더라고."

"이 책을 어떻게 구하셨어요?"

"온라인에 스캔본이 다 올라와 있어. 그걸로 제본 업자한테 고서 느낌만 살아나게 만들어 달라고 의뢰했지. 탈해마 기념으로 소장하려고……"

책장을 넘겨 보니 정말 한 글자도 읽지 못할 문자가 빼곡했다.

"이걸 읽으실 수 있으세요?"

"그땐 가능했지. 지금은 아니지만……"

아무리 들여다봐도 뜻 하나 모를 책이라 슬그머니 내려놓았다.

"그래도 내 머릿속에 해마란 놈이 기어들어 왔던 기억은 아직도 생생해. 그래서 혹시 같은 처지인 사람이 있으면 돕고 싶어서 게시물을 올렸더니 죄다 악플만 달더라고. 소설 쓰지 말라고…… 삭제할까 말까 하다 혹시 몰라서 그냥 놔 뒀더니만……"

그가 나를 흘끔 바라보고는 씩 웃었다.

"해마가 세상에 하나뿐일까요?"

내 물음에 기백은 고개를 가로저었다.

"다들 아닌 척하고 숨어 지내니 개체 수가 몇이나 되는지는 알 방법이 없지만, 적어도 한 놈은 아니야. 그건 확실해."

"그러면 해마가 그렇게 이 사람 저 사람 옮겨 다니며 얻는 건 뭘까요?"

"거기엔 딱 부러지는 정답이 있지."

기백이 자신 있게 대답했다.

"영생."

# 9. 재현

"아, 날씨가 좀 그러네."

앞 차창을 내다보며 혼잣말처럼 중얼거렸다. 폭우가
퍼부어 운전하기에는 최악의 날씨였다.

"날을 골라도 하필 이런 날을 골랐네, 미안."

내가 또 한 번 중얼거리자, 조수석의 시광이 마지못해
피식 웃었다.

"덕분에 오래오래 잘 살겠지. 힘들면 교대해. 내가 운전
할게."

시광의 말에 고개를 내저었다.

"아냐, 할 만해. 자긴 하루 종일 일하느라 피곤하잖아. <sup>221</sup>
가면서는 푹 쉬어. 올 때 자기가 운전하든지……."

동해로 여행을 떠난 길이었다. 관계 개선 차원에서 깜

짝 여행을 계획하고 시광에게 내 뜻을 전했을 때 그는 딱 잘라 거절했다.

"자기 의도는 알겠지만, 어렵겠는데? 요새 스케줄이 너무 빡빡해서……."

낭패였다. 내 나름대로 야심 차게 준비한 여행이 말짱 수포가 될 상황이었다. 몇 번이나 그에게 졸라댔지만, 그는 매번 고개를 가로저었다. 그런데 어제저녁에 그가 느닷없이 말을 꺼냈다.

"자기가 말했던 여행, 아직 가능해?"

"어, 왜?"

"내일 퇴근하는 대로 출발할까 해서. 며칠 간신히 뺐어."

"아……!"

"왜, 곤란해?"

"아냐, 숙소며 뭐며 예약할 게 좀 있는데 아마 될 거야."

"그래, 그럼. 안 되면 당일 투숙 가능한 데로 들어가면 되지."

그렇게 부랴부랴 떠나게 된 여행이었다. 충청 이남과 남부 지방을 중심으로 천둥 번개를 동반한, 강하고 많은 비가 오겠다는 일기예보대로 출발 전부터 엄청난 비가 내렸다.

**어떡하지?**

카톡으로 시광에게 슬쩍 떠 보았더니 곧바로 답장이 왔다.

혹시나 그도 다음으로 미루자면 어쩌나 걱정했던 터라 안도의 한숨을 쉬었다. 실은 오늘이 바로 기백에게 들은 방법을 시도해 볼 디데이였으니까.

**"해마는 물을 좋아해. 그래서 전이도 대개 비 오는 날에 하지. 그런데 다른 숙주로 갈아타려면 해마가 어떻게 하겠어? 숙주에서 기어 나오겠지? 결국 해마를 다른 데로 내쫓는 출타(黜他)도 그때 가능하다, 이 말이야."**

기백은 해마가 뇌 속의 해마에 깃들어 산다고 했다. 그래서 머리가 큰 충격을 받아 숙주의 몸이 죽는다고 판단하면 숙주 밖으로 잠시 튀어나온다고 했다.

**"주변에 마땅한 숙주가 없으면 해마는 어떻게 되나요?"**

223

**"죽지. 마땅한 숙주를 못 찾으면……. 저 혼자는 못 사는 놈이니까. 그래서 호스트를 찾으면 원래 숙주가 사고**

를 내게 해서 죽게 하고 새 숙주로 갈아타. 그때 내가 그 랬거든. 이리 죽으나 저리 죽으나 매한가지다, 이러고 비 오던 날 교통사고를 일으켜서 죽을 뻔했거든. 근데 나중 에 깨어나 보니 말짱해. 머릿속의 해마도, 두통도, 자아분 열 증상도 말끔히 사라졌어. 상대 운전자한테 해마가 전 이되었는지 소멸했는지는 나도 모르겠지만…….”

'호스트를 찾았어.'

1년 전 사고를 내기 직전에 원상이 했다는 말도 그제야 이해가 갔다. 우리 차를 지나치며 해마는 시광을 새 숙주 로 점찍었던 셈이었다.

**“호스트가 되는 조건이 뭔데요? 혹시 그것도 알아내셨 어요?”**

내가 물었을 때 기백의 대답은 충격적이었다.

**“살인. 반드시 누군가를 죽였어야 해. 죽음을 기억하는 자만이 삶을 기억하는 자도 될 자격이 있거든.”**

하마터면 비명을 지를 뻔했다. 1년 전 사고를 겪기 한 달 전에 시광이 개복 수술 중 의료사고를 일으켜 환자가 과다출혈로 죽었기 때문이었다. 유족과 합의한 뒤에도 시광은 메스를 아예 놓을지 한동안 심사숙고할 만큼 괴 로워했다.

**“그럼 혹시 탐정님도……?”**

호기심에 선 넘는 질문을 했지만, 기백은 상담료를 받 았으니 내게만 알려 주겠다며 나지막이 귀띔했다.

"내가 5년 전까지만 해도 잘나가던 강력계 베테랑 형사였거든. 근데 왜 이런 후줄근한 사무실에서 탐정 일이나 하게 됐을 거 같아?"

저 멀리 시커먼 하늘에 번쩍, 벼락이 떨어졌다.

뒤이어 천둥이 하늘을 송두리째 뒤흔들었다. 계획은 했지만, 막상 이 정도로 악천후와 만나니 운전대 잡은 손아귀에 진땀이 축축하게 배어났다. 도로가 고갯길로 접어들면서 구불구불해지자 긴장감은 더욱 커졌다. 이 와중에 시광은 피곤했는지 고개까지 떨어뜨리고 옅게 코를 골았다. 천둥소리에도 몸을 잠시 뒤척일 뿐 깨어나지 않았다. 지금까지는 계획대로 착착 진행 중이었다.

고갯길 꼭대기로 올라선 차가 내리막길을 타고 내려가기 시작했다. 도로 맞은편에서 올라오는 경차 한 대가 보였다. 심장 박동이 빨라졌다. 경차가 우리 차와 거의 엇갈리는 지점에 다다랐을 때 살며시 조수석으로 손을 뻗어 시광의 안전띠 버클의 빨간색 버튼을 눌렀다. 딸깍. 계기판에 안전띠 경고등과 경고음이 들어왔다. 그때 시광이 눈을 번쩍 떴다. 경차 쪽으로 핸들을 꺾는 순간, 시광이 손을 뻗더니 핸들을 자기 쪽으로 확 틀었다.

끼이이익!

그 직후부터 모든 광경이 영화 속 슬로모션처럼 느릿느릿 눈앞에 펼쳐졌다. 경차를 스칠 듯이 지나친 우리 차가 커다란 부채꼴을 그리며 빗길에 미끄러졌고, 도로변

225

가드레일이 운전석 쪽으로 다가들었다.

가드레일을 들이받는 순간 운전석 차 문의 에어백이 터졌다.

시커먼 어둠이 눈앞을 뒤덮었다.

◇◇◇◇◇

부옇게 눈앞이 밝아졌다.

서서히 의식이 돌아오면서 지독한 갈증이 일었다.

여긴 어디지? 병원인가……

천장에 매달린 수술대 조명을 보니 병원 같기도 했다. 운전석 창가 쪽 에어백이 터진 뒤로는 기억이 없었다.

"물…… 무울……"

내 목에서 내 목소리가 아닌 듯한 소리가 흘러나왔다. 갈증에 목이 타는 듯했다.

그런데 이상했다. 병원이라면 으레 달려와서 내 상태를 살펴야 할 의사도, 간호사도 보이지 않았다.

"깨어났구나. 그래도 그만하길 다행이네. 가드레일이라도 뚫고 나갔으면 어쩔 뻔했어. 딱 송아람 꼴 날 뻔했잖아. 안 그래?"

머리맡에서 시광의 목소리가 들려왔다. 내 쪽으로 다가든 그가 내 이마에 전극을 하나하나 붙이기 시작했다. 차갑고 끈끈했다. 주위를 둘러보니 여기는 병원이 아니라 우리 집 지하실이었다. 내 손발을 묶은 억제대와 내가 누운 철제 침대가 보였다. 그리고 침대 옆의 전자레인지처럼 생긴 기기도……. 음식이 보이는 투시창 대신 뇌파와 갖가지 수치를 보여 주는 화면이 박혀 있고, 기기와 이어진 전극이 내게 다닥다닥 붙었다는 점이 전자레인지와 다르기는 했다. 얼마 전 고양이가 누워 있던 곳이었다. 그 뒤로 페르시안은 어디에서도 보이지 않았다. 아마 시광이 소리 소문 없이 처리했을 터였다.

"그거 알아? 중세 의사들은 조현병 환자가 악령에 씌어서 미친 거라 믿고, 악령이 빠져나오게 환자 머리뼈에 구멍을 뚫었대. 그 뒤로도 전두엽 절제 수술이나 온갖 치료법을 시도했지만, 지금까지 살아남았고 효과도 입증된 치료는 이것밖에 없어."

시광이 수술을 앞둔 의사가 환자에게 수술 과정을 설명하듯 조곤조곤 내게 말했다. 그 말투가 너무나 침착하고 사무적이어서 도리어 소름 끼쳤다. 굳이 말하지 않아도 그가 곧 시작하려는 '치료'가 무엇인지 알 만했다.

전기경련요법, ECT.

"자기가 오늘 저지른 짓은 너무 무모하고 위험했어. 그건 알지? 그래, 뭐 부부로 살다 보면 이런 일도 저런 일도 있는 거니 다 이해해. 자기도 제정신이 아니겠지. 그러니까 그런 짓을 했을 테고……. 내가 오늘 당신을 치료해 줄게."

"자, 잠깐만, 자기야."

"왜? 뭐, 할 말이라도 있어?"

"내가 왜 치료받아야 해?"

내 질문에 시광은 깊은 한숨부터 내쉬었다.

"잘 들어. 지금 당신 머릿속엔 해마가 들어와 있어. 히포캄포스가 아니라 엑시덴털 데몬. 우연히 만날 해(邂)에 마귀 마(魔)……. 당신은 모르겠지만, 그놈이 당신 기억을 왜곡하고 진실을 은폐하고, 그 사실을 눈치챈 나까지 제거하려고 했어."

"아냐, 그게 아니야."

"물론 아니겠지. 환자 대부분은 '당신이 무슨 병에 걸린 환자입니다.'라고 했을 때 누구도 곧바로 '아, 그렇군요. 애석하지만 받아들이겠습니다.'라고 순순히 인정하지 않아. 일단 무조건 부정하고 보지. 자기 어머님도 그러셨다면서?"

맞는 말이었다. 하지만 이런 식은 정말이지 아니었다.

"자기야, 이것 좀 풀어 봐. 풀고 얘기하자."

"미안하지만, 치료가 끝날 때까지는 풀어 줄 수가 없어."

목이 터지게 소리 지르면 누가 달려와 나를 구해 줄까? 아니, 절대……. 여기는 외진 산자락에 덜렁 놓인 전원주택이었다. 게다가 그 주택 밑의 지하실이니 나 혼자 지르는 소리가 아니라 수십 명이 떼창을 해도 누구 하나 달려올 사람이 없을 터였다.

"자, 그럼 내가 여기서 어떻게 해야 할까? 명색이 의사인데 마눌의 병을 치료해 줘야 하잖아. 생판 남인 환자도 매번 치료해 주는데……. 안 그래?"

"환자는 내가 아니라 당신이야. 해마가 들어간 숙주도 내가 아니라 당신이고! 모르겠어?"

"누가 그래? 송아람이? 아니면 당신한테 해마 퇴치법을 알려 준 강기백이?"

시광의 입에서 기백의 이름이 튀어나온 순간, 아차 싶었다.

"자, 봐 봐. 내가 월차 쓰고 당신 따라다니면서 찍은 거야."

시광이 내 눈앞에 휴대폰을 들이대고 갤러리를 띄웠다. 강기백 탐정사무소를 찾은 날, 그 건물로 들어가는 내 뒷모습을 촬영한 동영상이었다.

"그러게, 내가 당신 감시한다고 송아람이 친절하게 경고까지 해 줬는데 왜 무시했어."

"당신을 믿었으니까."

내 말에 시광이 코웃음 쳤다.

"그런 사람이 강기백한테 쪽지를 보냈어? '혹시 주변인 중에 해마에 씌인 숙주가 있다면 알아볼 방법이 있을까요?'"

시광이 내 목소리를 흉내 내어 내가 해마탐정에게 보낸 쪽지 내용을 그대로 읊으며 허공에 대고 키보드 두드리는 시늉을 했다.

"'혹시 직접 만나 뵙고 자세한 말씀 여쭤봐도 될까요? 소정의 상담료는 드리겠습니다.' 하여튼 우리 마눌, 추진력 하나는 알아줘야 해."

"그걸 다 어떻게……."

"어떻게는 뭘 어떻게야. 당신은 천만 원에 강기백한테 해마 정보를 샀다며? 당신 왔다 간 다음에 나는 그 탐정 사무소 들어가서 강기백한테 이천만 원 제시하고 해마 정보에 플러스 알파까지 샀지. 단돈 이천만 원에 고객의 모든 정보까지 홀랑 팔아넘기는 놈을 뭘 믿고 자기 목숨, 남편 목숨까지 판돈으로 걸어? 너무 무모하단 생각, 안 들어?"

시광의 말이 맞았다. 너무 무모하고 어리석었다. 당혹감과 배신감에 온몸이 바들바들 떨려 왔다.

"그래서, 강기백이 그래? 나한테 해마가 들어갔다고?"

"해마란 명칭은 강기백이 알려 준 거 맞아. 그런데 내가 알아낸 모든 증거가 가리키는 결론이 그거였어. 내 아내 구회영에게 해마가 씌었다."

"증거! 증거를 대 봐. 내 머릿속에 해마가 들어 있단 증거. 멀쩡한 사람 잡지 말고……."

입에서 나오는 대로 질러댔다. 어떻게든 시간을 끌어야 했다.

"프레골리 증후군. 자기가 진욱이네 병원 간 날, 엘리베이터에서 마주친 할머니가 돌아가신 어머니인 줄 알고 깜짝 놀랐다며?"

"그게 무슨 증거가 돼?"

"자, 여기서 문제, 자기가 자기 엄마로 착각했던 그 할머니는 사실 누구일까요?"

"그걸 내가 어떻게 알아?"

"힌트, 자기도 아는 사람의 어머니야."

"뭐……?"

"자기도 아는 사람 엄마라고……. 나도 아는 사람 엄마이고……."

머릿속이 멍해졌다. 도대체 시광이 무슨 소리 하는지 알 길이 없었다.

"난 모르는 사람이야."

"땡! 틀렸습니다. 그 할머니는 바로바로……."

시광이 광기와 장난기가 동시에 어린 눈으로 나를 내려다보며 뜸을 들였다.

"말해 줄까, 말까? 말해 줄까, 말까? 정답은 바로바로…… 이원상의 엄마였습니다!"

"미친……!"

너무도 어처구니가 없어서 그 말이 감탄사처럼 저절로 터져 나왔다.

"자기 말이 맞아, 나도 그 사실을 알아냈을 때 거의 비슷한 반응이 육성으로 터졌으니까. 정말 미친 증거 아니야?"

시광이 제 휴대폰 갤러리 앱을 뒤적여 사진 한 장을 내 눈앞에 들이밀었다. 한 여자가 한 쌍의 남녀를 양옆에 끼고 찍은 사진이었다.

"누군지 알아보겠어?"

"……!"

사진 속의 여자는 내가 병원 지하 주차장 엘리베이터 앞에서 마주친 노인이었다. 그리고 양옆의 남녀는 내가 아는 이원상과 송아람이었다.

"송아람이 한창 이원상한테 빠져 있을 때 셋이서 찍은 사진이야. 사람 운명이란 게 참 얄궂지 않아? 마흔 넘어서 본 늦둥이 아들을 애지중지 키웠던 엄마는 1년 전 사고로 아들을 잃었고 그 충격에 쓰러진 뒤로 뇌졸중 환자가 됐어. 그래서 정신건강의학과에 다니기 시작했는데 그 병원이 하필 사고 피해자의 친구가 운영하는 병원이고, 거기에 사고 피해자인 자기도 PTSD 치료를 받으러 왔다가 그날 딱 마주쳤다, 이 말이지."

"좋아, 그렇다 쳐. 자기 말이 사실이라고 치자고. 그런데 그게 무슨 증거가 돼?"

"자기가 그 할머니 본 순간 '어? 죽은 우리 엄마가 왜……?'라고 착각했다며? 진욱이가 다 말해 주더라. 자기는 그날 왜 그런 착각을 했을까?"

"그야 미미한 프레골리 증후군이……."

"땡, 또 오답입니다. 이렇게 추리력이 떨어져서 어디 작가 하겠어? 자기가 그 할머니를 당신 엄마로 착각한 건, 그 할머니가 한때나마 자기한테 씐 해마가 차지했던 숙주 이원상의 엄마였기 때문이야. 그러니 자기를 차지한 해마의 기억이 잠깐 인식 오류를 일으킨 거지. '어, 우리 엄마?' 이러고……."

뭐……?

내 얼굴에서 핏기 가시는 느낌이 일었다. 미친 소리였다.

"말도 안 돼."

"말도 안 되는 일이 우리 부부한테 벌어진 거야. 바로 1년 전 그날 밤. 증거 더 말해 줄까?"

"……."

나는 입술만 달싹이며 말을 잇지 못했다.

"타이거테일 해마의 눈알 검은자 둘레에 금빛 링. 자기가 나한테서 봤다고 했던 그 골드 링 말이야. 그건 해마가 씐 숙주 눈에만 보이는 일종의 환각이야."

"누가 그래? 강기백이?"

"그래, 자기가 폰으로 검색한 키워드인데 혹시 아냐고 물었더니, 아주 친절하게 알려 주던데?"

시광이 우쭐해하는 얼굴로 말을 이었다.

"일단 숙주가 해마라는 존재를 알아차리게 되면 해마는 끊임없이 숙주의 인지력을 왜곡시키고 어지럽혀. 그리고 '투사'라는 방어기제를 작동하게 한대. 투사가 뭔지는 들어 봤지? 인정하고 싶지 않은 감정이나 욕망을 남 233

한테 뒤집어씌워서 자기를 정당화하기. 자기는 끊임없이 나를 해마의 숙주라고 의심하다 결국 확신하게 됐어. 그게 어쩌면 해마의 농간일지도 모른단 의심은 안 해 봤지?"

"그래, 안 해 봤어. 사실이 아니니까."

"그럴까? 그럼 왜 얼마 전부터 계속 이원상이 사고 당시에 나를 덮치는 악몽을 꿨을까?"

"이원상이 자기를 덮쳤으니까."

"하아, 이번에도 땡. 이원상이 내 쪽으로 날아온 건 사실이지만, 정작 해마가 노린 숙주는 당신이었어. 해마의 숙주가 된 직후에 당신은 이원상 손을 내 쪽으로 돌려놨고……."

"헛소리 그만해!"

"헛소리인지 아닌지는 곧 알게 되겠지. 자, 그럼 마지막으로 결정적인 힌트를 줄게. 그건 바로 송아람이야. 자기가 지금도 소중히 목에 매달고 있는 펜던트를 준 송아람. 그날 송아람이 죽기 전에 당신한테 한 말 있지?"

"*해마……*"

그날 송아람이 내게 펜던트를 건네며 했던 말이 귓가에 되살아났다.

"그래, '해마'라고 했어. 그러고 당신을 뚫어져라 보면서 죽었지."

"'해마'라……. 그래, 듣고 보니 아귀가 딱 들어맞네. 송아람은 도대체 왜 그랬을까? 내가 해마라고 당신한테 알려 준 걸까? 그렇다 치더라도 굳이 똑같은 사고를 일으키려다 죽을 필요까진 없지 않았을까? 한번 반대로 생각해 보면 어떨까? 그날 송아람이 나한테 당신이 해마의 숙주라고 알려 주려던 거였다면……?"

"미친 헛소리……."

"미친 헛소리를 더 해 볼게. 당신하고 만났던 날 있었던 일을 하나하나 곱씹어 보던 송아람이 마침내 퍼즐 한 조각을 찾아낸 거야. 그리고 우리한테 달려와서 제 한 몸 불살라 리마인드를 해 준 거지. 자, 보아라, 해마의 숙주여, 넌 이렇게 해마의 숙주가 되었노라! 구, 회, 영."

"무슨 말 같지도 않은 소리야."

미쳤다. 정말이지 미쳐 버렸다. 그렇지 않고서야 저런 미친 소리를 술술 지껄일 리가 없었다. 머리가 깨질 듯 아파 왔다.

"그만해! 제발 좀……!"

시광이 내 관자놀이 양쪽에 커다란 전극을 붙였다.

"그래, 사설은 이쯤에서 그만하고 본론으로 들어갈게. 원래 ECT는 전신마취를 하고 실시하는 치료긴 해. 그런데 상황이 상황이라 부득이 각성 상태에서 해야 할 거 같아. 그래야 효과가 있다는 걸 고양이 실험으로 알아냈거든. 아, 맞다. 까비는 너무 걱정하지 마. 어디 잘 있을 테니까."

이 지하실에서 마지막으로 본 뒤로 까비를 단 한 번도 본 적 없었다.

"거짓말 마! 고양이 털 알레르기 있단 말도 거짓말이지?"

"고양이 털 알레르기? 난 그런 말 한 적 없는데……."

나를 내려다보다 깊은 한숨을 내쉰 시광이 내 입에 재갈을 물렸다. 말이 나오지 않으니 더더욱 두려워졌다.

"이제 시작할게."

그가 나를 통구이로 만들 전자레인지 앞으로 다가갔다. 그러고는 기기의 스위치를 켰다.

커다란 쇠꼬챙이로 관자놀이를 마구 들쑤시는 듯한 고통이 일었다. 전류가 퍼진 온몸이 갓 잡아 올린 생선처럼 펄떡거렸다. 눈알이 튀어나올 듯했다. 재갈 때문에 소리 없는 비명을 질러대며 부들부들 경련하는 나를 내려다보면서도 시광은 무덤덤한 얼굴이었다.

쇠꼬챙이가 관자놀이를 빠져나갔다. 시광이 스위치를 끈 모양이었다. 온몸이 축 늘어졌다. 입가가 축축이 젖어들었다. 몸에 전류가 흐르지 않는 일상이 얼마나 행복했는지 이제야 뼈저리게 깨달았다.

"자, 이번엔 좀 더 세게 갈 거야."

제발 그만……. 시광의 말이 떨어지기가 무섭게 관자놀이로 벼락이 떨어졌다. 벼락을 맞아도 이렇게 고통스럽지는 않을 듯했다. 벼락은 순간이지만 ECT는 영원하니까.

벼락이 내 머릿속을 헤집고 후벼파는 동안 눈앞에 온갖 기억의 조각들이 번뜩이며 주마등처럼 스쳐 갔다. 피투성이가 되어 나를 바라보던 아람의 얼굴, 엘리베이터에서 마주친 엄마의 얼굴, 차창을 뚫고 날아와 우리 차에 부딪히던 원상의 얼굴, 피범벅이 된 내 얼굴…… 그 모든 얼굴들이 한데 뒤엉킨 마블링이 되었다가 산산이 부서졌다.

내 머릿속의 해마가 부풀어 오르다 못해 터져 버릴 듯 고통이 극에 다다른 순간, 해마가 묻어 두었던 진실의 조각들이 진득한 망각의 어둠 속에서 기어 나오기 시작했다.

눈앞이 확 밝아졌다.


온다. 손이 온다.

무서운 기세로 뒤따라온 빨간 BMW가 전조등을 번뜩이고 경적을 울려 대며 우리 차를 스칠 듯 앞질러 간다. 손이다.

"봤어? 와, 이 날씨에 죽고 싶어 환장했나. 쟤도 오래는 못 살겠네. 그래, 가라, 혼자 일찍……."

멀어져 가는 BMW를 바라보며 시광이 혀를 찬다. 손은 혼자 가지 않고 돌아온다. 시광이 교차로 신호에서 차를 세운다. 교차로 너머에서 중앙선을 넘어 불법 유턴하는 BMW가 보인다.

"뭐야, 저놈."

시광이 말했을 때, 나는 본다. 교차로 맞은편에서 신호를 어기고 중앙선을 넘어 미친 듯이 내달려 오는 BMW를……. 그제야 나는 비명처럼 외친다.

"조심해!"

내 절규와 동시에 눈부신 전조등이 눈앞을 뒤덮는다. 뒤늦게 타이어 끌리는 소리인지, 비명인지, 피시테일로 이리저리 몸을 틀며 달려온 자동차의 충돌음인지 모를 굉음이 귀청을 찢는다. 손이 달려든다.

충돌 순간, 우그러드는 보닛과 BMW의 앞 차창을 뚫고 튀어나오는 손의 얼굴이 보인다. 희번덕거리는 눈빛과 히죽거리는 입이 섬뜩하기 그지없다. 에어백이 터진다. 조수석으로 날아온 손의 머리가 내 눈앞의 차창을 꿰뚫고 들어온 순간, 피가 퍽 튄다.

에어백에서 바람이 빠지며 차창에 박힌 머리가 보인다. 쪼개져 활짝 벌어진 머리뼈 사이에서 호두 반태처럼 갈라진 채 울컥울컥 피를 내뱉는 뇌가 보인다. 그 틈에서 뭔가 꿈틀거린다. 뭐지, 저게……?

그때, 그 뭔가가 내게로 와락 날아든다.

# 0. 해마

나는 기억한다. 고로 존재한다.

이 인간에서 저 인간으로, 이 해마에서 저 해마로 옮겨 다니며 살아가는 나는 기억하고 또 기억함으로써 존재한다. 우주 먼지와 뒤엉켜 무한의 어둠을 떠돌다 이 '창백한 푸른 점'에 포자처럼 내려앉은 뒤로 무수한 숙주를 거쳤지만, 기억만은 기나긴 세월의 깊이만큼 켜켜이 쌓였다.

처음으로 숙주의 해마를 파고들던 순간의 합일통(合一痛)과 처음으로 숙주 속에서 나 자신을 각성하고 숙주를 오롯이 지배하게 된 순간의 경이로움을 기억한다. 매머드의 심장을 꿰뚫던 창의 손맛과 검투사의 칼날이 심장을 꿰뚫던 순간의 고통을 기억한다. 노량 밤바다 위를 밝히던 불화살, 노르망디 해변을 붉게 물들이던 죽은 병사들의 피, 상공에서 바라본 원자폭탄의 버섯구름, 웸블리 스타디움을 가득 메운 관중들의 함성, 무릎을 베고 누운 내게 연인이 들려주던 나지막한 노랫소리와 산들바람에 나뭇잎들 수선거리던 소리, 내가 사랑했고 또 나를 사랑했던 이들의 눈빛과 감촉과 숨결……. 그 많은 기억을 두루 간직한 영생이 내 특권이자 운명이다. 그러나 모든 특권에는 그에 걸맞은 대가가 따른다. 내게 딱 맞는 숙주를 찾기는 모래사장에서 바늘 찾기만큼이나 어렵기 짝이 없다.

**"호스트를 찾았어."**

그날, 그 말을 내뱉던 이원상의 목소리조차 역겨웠다. 하지만 여자를 본 순간 나도 모르게 내뱉었다. 여자는 오랜만에 눈이 번쩍 뜨이는 호스트였으니까.

수많은 숙주 중에서도 이원상이란 놈은 최악이었다. 이전 호스트가 하필 놈의 차에 치여 죽게 된 통에 임시방편으로 놈을 호스트로 삼았지만, 놈이 그 지경일 줄은 몰랐다. 돈 많은 부모를 둔 덕에 별 직업 없이 흥청망청 헛되이 하루하루를 죽이면서도 돈 한 푼 아쉽지 않을 만큼 풍족했지만, 몸도, 마음도 병든 인간이었다. 화가 많은 다혈질에 인간관계도 엉망이라 사방이 적이었다. 췌장에서도 암이 자라나는 중이었고, 뇌혈관도 군데군데가 막혀서 머지않아 사달이 날 듯했다. 사람 못 고쳐 쓴다는 옛말은 내게도 통하는 말이었다. 그래서 갈아타기로 결심했다.

운명의 그날 밤, 차를 몰고 내달리면서도 호스트를 탐

색하는 내 레이더는 끊임없이 돌아갔다. 이윽고 여태껏 본 중 가장 내게 걸맞은 호스트를 찾았다. 교차로에서 신호 대기 중인 벤츠E클래스 조수석에 탄 여자였다. 그 차를 지나친 순간 나는 알아차렸다. 여자가 이미 누군가를 죽였음을…….

호스트의 제1조건은 살인이다. 숙주는 반드시 누군가의 목숨을 거둔 자여야 했다. 죽음을 기억하는 자만이 삶을 기억할 자격이 있고, 죽음과 삶을 동시에 기억하는 자만이 해마의 호스트가 될 자격이 있다. 이원상은 내 숙주가 되기 석 달 전에 술을 먹고 차를 몰다 사람을 치어 죽였다. 마침 목격자도, CCTV도, 지나던 차도 없던 시골 국도라 피해자를 트렁크에 실어 야산에 암매장하고도 덜미가 잡히지 않았다.

여자는 자기 엄마를 죽였다.

여자의 첫 기억은 자기 엄마가 목을 졸랐던 밤의 고통이었다.

**"죽어! 너 때문에 내 인생을 망쳤어! 죽어 버려!"**

여자의 엄마는 그렇게 저주를 퍼부으며 딱 죽기 직전까지 세 살배기 딸의 목을 졸랐다. 여자도 그 밤처럼 엄마의 목을 조르고 싶었다. 하지만 압박흔이 남을까 두려워 졸피뎀과 베개의 도움을 받았다.

**"엄마, 엄마는 내가 엄마 인생을 망쳤다고, 죽어 버리라고 걸핏하면 날 죽이려고 했지? 엄만 다 잊었는지 몰라**

도 난 다 기억해. 하나하나 전부! 근데 엄마 인생을 망친 사람은 엄마 자신이야, 엄마가 낳은 내가 아니라……."

약 기운에 취해 축 늘어진 엄마의 머리맡에 앉은 여자는 엄마를 내려다보며 무섭도록 가라앉은 목소리로 중얼거렸다.

*"기억나? 내가 어릴 때 엄마는 틈만 나면 나한테 사랑한다고 말했지만, 언제나 말뿐이었어. 엄마는 단 한 순간도 날 사랑한 적 없잖아. 엄마가 사랑했던 사람은 세상에 오로지 엄마 자신밖에 없으니까. 당신은 사랑할 줄도 모르고, 기억할 줄도 모르고, 미안한 줄도, 고마운 줄도, 왜 살아야 하는지도 모르는 헛껍데기야. 그러니까……."*

마른침을 삼킨 여자가 마지막 말을 이었다.

*"……인제 그만 살아. 나도 좀 살게……."*

베개를 들어 엄마의 얼굴을 덮는 여자의 손길은 바들바들 떨렸지만, 단호했다. 그래도 여자의 눈에서 떨어진 눈물로 베갯잇이 축축하게 젖어 들었다. 엄마의 얼굴을 베개로 짓누르던 순간, 여자는 소리 없이 절규했다. 여자의 엄마가 죽는 순간이었지만, 여자가 새로 태어나는 순간이기도 했다. 여자는 버둥거리던 엄마가 축 늘어지고 난 뒤에도 움직이지 않고 베개로 짓눌렀다. 날이 부옇게 밝아올 때까지…….

여자의 기억은 단숨에 내 마음을 사로잡았다. 여태껏 수없이 많은 숙주를 거쳐 왔지만, 이토록 생존 욕구와 의

지와 목표가 강력하고 간절한 인간은 처음이었다. 자아가 생겨난 뒤로는 엄마가 목을 조르면 그 손목을 할퀴고 물어뜯었고, 혼자 자는 방에 번개탄을 피워 놓으면 방바닥을 북북 기어 방문을 열고 나왔고, 밥에 농약을 타면 화장실로 달려가 밥을 모조리 게워 냈다. 여자가 매번 악착같이 살아남았던 기억을 읽고 나도 모르게 환호에 가까운 탄성을 터뜨렸다.

**"호스트를 찾았어."**

줄곧 내 마음에 안 들었던 이원상은 죽는 순간만은 내가 조종한 대로 움직였다. 앞 차창을 뚫고 나간 놈은 정신을 잃기 직전의 여자에게로 손을 뻗었다. 숙주에게서 빠져나온 나는 여자의 뇌까지 파고들었다. 그러고는 해마 깊숙이 똬리를 틀었다.

아늑하고 편안했다. 구회영이라는 여자의 자아를 완전히 빨아들일 때까지 여자의 무의식에서 모처럼의 긴 휴식을 취하기로 했다. 회영이 죽음과 삶을 기억해 낼 때까지…….


전기 폭풍이 사라졌다.

활시위처럼 팽팽하게 휘었던 몸이 철제 침대에 축 늘어졌다. 아직도 폭풍의 여파로 발끝이 바르르 떨렸다. 고통이 가시고 나자 기나긴 안도의 한숨이 터져 나왔다. 이제 더는 두렵지 않았다. 나를 둘러싼 모든 사실이 분명해졌으니까. 눈가로 흘러내린 눈물이 관자놀이의 전극을 축축하게 적셨다. 내게로 다가온 시광이 내 입에 물린 재갈을 빼냈다.

"알겠어, 자기야. 이제야 전부 알겠어."

울음기 섞인 목소리로 그에게 말했다.

"변한 건 자기가 아니라 나였어. 자기 체온이 낮아진 게 아니라 내 체온이 높아진 거였고, 연애할 때 기억이 달랐던 것도 내가 이원상일 때의 기억이 남아 뒤섞였기 때문이었어. 해마는 자기가 아니라 나였어."

나를 내려다보는 시광의 얼굴에 안도감이 어렸다.

"정말? 이제 돌아온 거야?"

감격에 찬 얼굴로 그에게 고개를 끄덕였다.

"빠져나갔어. 다 끝났어, 자기야. 우리가 이겼어. 다 빠져나갔어."

"그래, 역시 내 예상이 맞았네. 다행이다. 정말 다행이다."

시광이 나를 끌어안고 입 맞추었다.

"이제 나 이거 좀 풀어 주면 안 돼?"

내 손발을 묶은 억제대를 곁눈질하니 시광이 아차 하는 얼굴로 제 이마를 짚었다.

"아, 맞다."

그가 내 손발을 풀어 주고 몸을 일으키게 거들었다. 침대에서 내려와 그를 와락 끌어안았다.

"고마워, 정말 고마워. 자기 아니었다면 진짜 몰랐을 거야."

"고맙긴……. 남편으로서 당연히 해야 할 일을 했을 뿐인데 뭘……."

다음 순간 시광이 움찔했다. 한 번, 두 번, 세 번…….

"왜 그래? ECT 받은 사람은 난데……. 꼭 전기 경련 일으키는 사람같이."

얼굴이 하얗게 질린 시광이 주춤주춤 뒷걸음질 치기 시작했다. 그의 옆구리로 붉은 꽃 세 송이가 꽃봉오리를 맺더니 금세 활짝 피었다.

시광을 끌어안았을 때 철제 침대 옆 쟁반에 놓였던 메스를 놓치지 않았다. 내 손에 들린 메스가 피로 반들거렸다.

"빠져나갔다며……?"

시광이 제 옆구리를 붙들고 비틀거리다 옆으로 우당탕 고꾸라졌다.

"빠져나간 건 맞아. 그게 내가 아니라 구회영이라서 그렇지."

관자놀이에서 전극을 떼어내 시광의 관자놀이 양쪽에 붙였다. 시광은 쇼크 때문에 제대로 저항하지도 못하고 버둥거릴 뿐이었다.

"πάντες γὰρ οἱ λαβόντες μάχαιραν ἐν μαχαίρῃ ἀπολοῦνται. 그리스어로 '칼로 흥한 자 칼로 망하리니'란 뜻이야. 이렇게 바꿔 보면 어떨까. 'ECT로 흥한 자, ECT로 망하

리니.'"

ECT 기기로 다가가 스위치를 올렸다. 최대치로……. 시광이 테이저건을 맞은 사람처럼 바닥에 일자로 쭉 뻗으며 엎어졌다.

"경동맥을 예쁘게 잘라 줄 수도 있어. 하지만 안 할래. 뒤처리가 골치 아파지니까. 남편이 아무리 미쳐 날뛴다고, 의사도 아닌 보통 여자가 정당방위로 어떻게 남편 경동맥을 잘라 버리겠어?"

어차피 이대로 놔 둬도 이 인간은 과다출혈로 죽게 될 터였다. 당장 응급처치를 하거나, 병원으로 옮기지 않는다면 무조건……. 시광은 핏기가 하얗게 가신 얼굴로 바닥에 엎어진 채 입을 벙긋거렸다.

"자꾸 말하려고 하지 마. 그래 봐야 죽음만 앞당길 테니까. 아, 어떻게 급소를 정확히 찌를 수 있는지 궁금하구나? 일종의 짬바라고 알아 둬. 짬에서 나오는 바이브."

시광이 제 바지 호주머니에서 뭔가 끄집어내더니 손을 내 쪽으로 내밀었다. 뭐지 싶어 다가가 보니, 그가 손에 쥔 물건은 USB 메모리였다.

"뭔데, 이건?"

시광은 대답도 없이 내 손바닥에 메모리를 쥐여 주고는 손을 바닥에 떨어뜨렸다.

철제 침대에 걸터앉아 팀 맥모리스의 <Never Letting Go>를 콧노래로 흥얼거리며, 시광의 숨이 멎기를 기다렸다.

시광은 꼭 53분 만에 죽었다. 침대에서 내려와 시광을 가만히 내려다보았다. 어쩌면 꽤 오랫동안 함께했을지도 모를 남편이 이렇게 죽고 나니 슬프기는 했다. 하지만 내 정체를 알아차린 이상, 살려 두어서는 안 되었다.

"어차피 100년도 못 살고 죽을 거 그냥 살던 대로 살지, 니들은 왜 자꾸 뭘 캐고 들어서 불행을 자초하고, 죽음을 자초하니. 다 잘 되어 가고 너무 행복했잖아, 니 의심 때문에 꼴이 참 그렇다. Sane ineptus es! 아, 이건 '너 정말 어리석다'란 라틴어야."

이제 정당방위의 증거를 만들 타이밍이었다.

지하실 한쪽 벽에 붙은 거울 앞에 서서 메스를 왼손으로 잡고 내 쪽으로 돌려 몇 군데를 찌르고 그었다. 말도 안 되게 아팠지만, 그래도 맨정신에 받은 ECT보다는 견딜 만했다. 고통도 살아 있다는 증거이니, 즐기면 될 일이었다. 피로 물든 메스를 손이 떨려 흘린 듯 바닥에 떨어뜨렸다. 이제 이 지하실에서 해야 할 일은 다 끝났다.

지하실에서 올라와 휴대폰을 찾아보았다. 112에 신고하려면 휴대폰이 있어야 했다. 내 휴대폰은 시광이 곧잘 자동차 스마트키를 올려두는 거실 탁자 위에 있었다. 휴대폰을 집어 드는데 집 앞을 두 줄기의 불빛이 훑었다. 차가 들어왔다. 통유리로 내다보니 재규어였다. 이 밤에 누구지? 현관 벨이 울렸다. 인터폰을 들어 화면을 보니 문 앞에 선 사람은 기백이었다. 현관으로 가서 문을 열어 주었다.

"이 밤에 무슨 일로 오셨나요, 해마탐정 님?"

내가 과장되게 묻자, 내 행색을 위아래로 훑은 그가 고개를 절레절레 내저었다.

"걱정돼서 와 봤는데 벌써 큰 건은 다 지나갔나 보고만."

"말도 마. 이번엔 진짜 죽을 뻔했어."

기백을 집 안으로 들이기는 뭣해서 내가 밖으로 나갔다. 밤비가 주룩주룩 쏟아지는 전원주택 마당의 풍경은 아무 일도 없었다는 듯 평온했다.

"에이, 죽으면 쓰나, 나한텐 VVIP 고객님이신데……."

기백이 히죽거렸다. 세상에서 유일하게 내 비밀을 아는 그는 오랫동안 충직한 내 사냥개로 살아왔다.

"잔금 받으러 온 거면 좀 더 기다려. 나중에 현금으로 줄게. 불필요한 이체 기록이 있으면 안 되니까."

"급한 돈 아니니까 천천히 줘도 돼. 어차피 한배 탄 처지에……. 그나저나 이제 어떻게 할 거야?"

누가 죽든 살든 세상은 무심히 돌아간다. 시광의 죽음에는 아랑곳없이 정원에 쏟아지는 빗줄기를 바라보다 대답했다.

"살아 보려고……. 이 여자, 구회영으로 사는 게 생각보다 나쁘진 않아. 오랜만에 딱 맞는 옷을 입은 느낌이랄까. 이 여자로 살면서 해야 할 일도 아직 많이 남았고……."

구회영의 신작 <흑막 대공의 신부에 빙의했다>에 쓸 멋진 아이디어가 떠올랐다. 무수한 직업을 거쳤지만, 아무래도 내게 가장 맞는 적성은 작가인 듯했다. 구회영으로 살아 온 1년 동안 창작의 실마리를 잡아 큰 그림을 그리고 앞으로의 전개를 창조해 가는 과정이 너무나 즐거웠다.

무엇보다 지금 내게는 시광에게조차 털어놓지 않은 비밀이 있었다. 손을 뻗어 아랫배를 어루만지니 속에 자리 잡은 새 생명의 따스한 기운이 느껴졌다. 착상(著想)과 착상(着床). 동시에 겪은 두 가지 착상은 오랜 세월 무수한 호스트를 거쳐 온 나도 처음 느껴 보는 놀람과 설렘과 기쁨이었다.

목에 건 펜던트를 다시금 들여다보았다. 아람도 나를 알아보았을까. 아마도…… 시광이 짐작했던 아람의 '퍼즐 한 조각'은 어쩌면 물이 아니었을까. '노마드'에서 아람과 마주한 내내 내가 들이마셨던 물……. 해마의 생존과 전이에 필수인 물……. 그래서 그 비 오는 밤, 우리 차를 쫓아와 1년 전 그날과 비슷한 상황을 재현해 내 기억을 되살리려 했겠지. 그러다 자기까지 죽게 될 줄은 몰랐겠지만…….

죽기 직전 내게 펜던트를 넘기며 '해마'라는 말을 남기고 시광을 바라본 이유도 내가 해마라는 사실을 시광에게 알리려던 마음이었을 테고……. 시광이나 아람이나 굳이 파헤치지 않아도 될 일을 파헤치다 안 그래도 짧디짧은 생을 더 짧게 재촉했다. 죽기 직전, 자기를 내려다보며 내가 지은 차디찬 비웃음을 아람은 보았을까.

"부럽네. 환승하듯 이 몸 저 몸 갈아탈 수 있으니 얼마나 좋아. 내 몸뚱이는 이 모양 이 꼴에 여기저기 고장까지 났어도 죽는 날까지 질질 끌고 다녀야 하는데……."

기백의 말에 피식 웃으며 위로했다.

"다 좋을 수 있나. 그렇다고 죽는 것도 아닌데 까짓거……."

"하긴 뭐 당장 안 죽는 것만 해도 어디야."

재규어에 오르는 기백에게 잘 가라고 손짓했다.

재규어가 사라진 정원에 빗소리가 커졌다. 한숨을 불어 내며 장맛비 쏟아지는 풍경을 바라보았다. 비 오는 풍경을 볼 때마다 포세이돈을 태우고 바닷속을 질주하던 히포캄포스의 환영이 눈앞에 떠오른다.

그러다 시광이 죽기 전에 건넨 메모리에 생각이 미쳤다. USB 단자가 Type-C라 휴대폰 충전 단자에 꽂아 보았다. 메모리 안의 파일 목록 중 '관찰 일지'라는 문서 파일이 눈에 띄었다. 파일을 열었다. 날짜도 없는 기록이 화면에 떴다.


기억 왜곡, 투사 현상 극도로 심화.

레스토랑에서 와인 연도를 트집 잡아 직원을 망신 준 건도, 히스테리를 부리다 급 차선 변경으로 사고를 유발한 건도 모두 자기가 아니라 내가 했다고 주장.

너무 걱정되고 이제 두렵기까지 하다.

내 아내 구회영에게서 해마를 떼어 낼 수 있을까.


그 위로도 시광이 그동안의 내 변화와 행적을 관찰하며 느낀 점들이 빼곡했다. 밤마다 서재에서 노트북을 들여다보며 이 일지를 썼던 모양이었다. 그의 지극한 아내 사랑이 눈물겨웠다. 내 정체를 눈치채고 파헤치지만 않았어도 그의 말대로…….

"오래오래 잘 살았을 텐데……."

그때 현관 저편에서 그릇 달그락거리는 소리가 났다. 돌아보니 소리의 주인은 페르시안 까비였다.

"까비, 이리 와."

내 부름에 녀석이 다가오더니 내 종아리에 제 얼굴을 비벼댔다.

"그동안 어디 갔었어? 배고파?"

내가 허리 숙여 정수리를 쓰다듬어 주자, 녀석은 고개를 들고 내게 소리 없이 입을 벙긋거렸다. 시광과는 본의 아니게 사이가 어그러졌지만, 녀석과는 앞으로도 잘 지내 볼 작정이었다. 그나저나 시광이 고양이 털 알레르기 있단 말을 한 적이 정말 없었던가? 뭐, 아무래도 상관없었다. 1년 동안의 지루한 물 맞댐은 다 끝났고, 이제 구회영과 나는 오롯이 우리가 되었으니까.

　세상에 잘 알려지지는 않았지만, '메멘토 모리'와 '메멘토 비베레' 다음에는 이어지는 경구가 또 있었다. '노마드'에서 아람이 자리를 뜨기 전 혼잣말처럼 중얼거린 경구이기도 했다. 휴대폰으로 112 버튼을 누르며 우리는 그 말을 중얼거렸다.

　"살아라, 언젠가는 죽어야 하니."

# MISSION 1

p. 028

유난히 무덥고 매미 울음소리가 요란하게 울려 퍼지던 날이었다.

p. 098

그리고 동우를 처음 만났던 날 ~ 그 사체에서는 피가 흐르지 않았다.

# MISSION 2

p. 166~167　　가져온 파트

"작가님 남편분, 작가님이 아시는 분이랑은 다른 사람일지도 몰라요." ~ 마음속 한편에서 그런 목소리가 들려왔지만, 몸이 의자에 붙박인 듯 옴짝달싹하지 않았다.

p. 083~084　　반영한 파트

"너는 내가 동우에 대해 다 안다고 생각해?" ~ 그것도 아주 찝찝한 선문답을.

# MISSION 1

p. 115~117

창밖에서 들려오는 매미 소리는 ~ 아작아작……

# MISSION 2

p. 023~024　　가져온 파트

온몸의 피가 식는 것 같았다. ~ 나는 조심스럽게 몸을 돌렸다.

p. 186　　반영한 파트

온몸의 피가 식는 듯했다. ~ 나는 조심스럽게 몸을 왼편으로 돌렸다.

작가 7문 7답

# 아름다움에 관한 모든 것
아밀

### 1. 지금의 공통 한 줄에서 어떤 매력을 느끼셨나요?

행복한 신혼이라는 밝음과 죽음이라는 어둠, 두 가지 상반된 요소의 대립이 매력적으로 느껴졌습니다. 잘 활용하면 이 낙차로 독자들에게 충격을 줄 수 있지 않을까 싶었어요. 그리고 배우자가 죽음에서 돌아온 남편을 '낯설게' 느낀다는 점이 그 자체로 섬뜩한 느낌을 줘서 좋았습니다. 죽음이란 영영 이해할 수 없는 것인데, 그러면서도 우리 곁에 늘 존재하는 것이라는 점에서 공포스럽잖아요. 그런 점이 잘 드러나는 구절이어서 인상적이었습니다.

### 2. 한 줄을 지금의 이야기로 기획하면서 스스로 가장 재미있다고 느끼셨던 부분은 무엇인가요?

역시 주인공인 은진의 심리 흐름인 것 같아요. 은진의 심리는 불안정하고 또 극단적인 변화를 겪는데, 그런 은진의 이야기 방식이 독자의 기대를 증폭시키기도, 또 배반하기도 한다는 점에서 쓰는 '맛'이 있으리라고 생각했습니다. 또한 아름다움에 관한 제 평소의 고민들도 이 소설을 계기로 풀어낼 수 있어서 좋았습니다. 현대 여성들은 사회적으로 늘 아름다운 대상이 되기를 요구받으며 살아가는 경향이 있는데요. 아름다움을 좋아하는 인간의 본능과 진정한 미의 가치가 여성들이 겪는 폭력적 현실과 어떻게 교차하고 또 반목하는지에 대해 다루고 싶었습니다. 그 지점을 충분히 이야기할 수 있어서 즐거웠습니다.

### 3. 원고를 쓰면서 가장 고민하셨던 지점은 어떤 부분인가요?

은진의 심리가 변화한다는 점이 재미있긴 하지만 한편으로는 일관성을 잃기 쉬운 측면도 있어서 고민을 했습니다. 은진의 갈등은 많은 여성이 겪는 경험이고 그런 점에서 보편성이 있지만, 여성이 그 보편적 갈등을 언어로 발화할 때 흔히 조리 없고 변덕스럽다는 비난을 듣기도 하잖아요. 그것이 제 소설 자체의 약점이 되는 것이 걱정스러웠던 것 같습니다. 하지만 나 자신을 믿고 나아갔고, 결과적으로는 만족하고 있습니다.

### 4. 원고 중 가장 만족하시는 장면은 어떤 대목인가요?

은진이 동우를 죽이는 장면. 폭발적인 감정의 분출이 필요한 장면이었고 은진이 느끼는 배신감과 자괴감이 살인까지 이어지는 동력이 되어야 했는데, 그런 감정을 효과적으로 살려낸 것 같아서 만족스러워요. 쓰는 과정도 재미있었고요.

**5. 상대 장면 가져오기 미션에서 그 부분을 가져오신 이유는 무엇인가요?**

김종일 작가님 작품에서 멋진 장면들이 많았는데, 그 부분을 보자마자 이건 정말 내 소설에 매끄럽게 솔기 없이 가져다 붙일 수 있겠다는 생각이 들었어요. 부부간의 근원적 의심, 상대방과 함께 살고 있지만 상대방의 진실을 다 알지 못한다는 불안감, 그런 것들이 압축적으로 녹아 있는 부분이라고 생각해요. 은진과 동우 부부의 상황에도 절묘하게 꼭 들어맞더라고요.

**6. 상대 작가님의 작품을 읽어 보았을 때 어떤 생각을 가지셨나요?**

우선 부부 중 한 명이 작가라는 공통점이 재미있다고 생각했어요! 공통 로그라인에서 지정된 설정이 아닌데 신기하게 그게 겹치더라고요. 하지만 한쪽은 웹소설 작가이고 한쪽은 일반문학 작가라는 차이가 있었고, 그런 의미에서 두 작가가 성공을 향해 나아가는 방식 또한 달라서 흥미로웠습니다. 그리고 「해마」는 반전이 참 멋진 작품이라고 생각해요. 매미의 이미지도 강렬하게 잘 가져오셨고 작품 전체를 관통하는 상징적 이미지로 부각되어서 인상 깊다고 생각했습니다.

**7. 끝으로 작품을 읽으신 독자님들께 한 말씀 부탁드립니다.**

결말을 은진의 승리라고 생각하실 수도, 패배라고 생각하실 수도 있지만, 어느 쪽을 보셨든 독자님에게 진실의 아름다움이 함께하기를 바랍니다.

# 해마
## 김종일

### 1. 지금의 공통 한 줄에서 어떤 매력을 느끼셨나요?

행복한 신혼, 죽음에서 돌아온 남편이 문득 낯설게 느껴진다는 미스터리와, 일생 중 가장 행복한 시기에 가장 불행한 사건과 맞닥뜨린다는 아이러니에 끌렸습니다. 행복과 불행, 기억과 망각, 삶과 죽음은 정반대의 개념 같지만, 한쪽이 다른 한쪽과 인과로 이어지기도 하고, 동전의 양면처럼 한쪽이 다른 한쪽으로 순식간에 뒤집히기도 하며, 심지어 둘이 한데 뒤섞이기도 합니다. 몇 년 전, 어느 한 사건을 두고 제 기억과 아내의 기억이 전혀 달랐던 적이 있습니다. 제 기억이 너무나 또렷했기에 자신만만하게 10만 원 내기를 걸었는데, 진상을 알고 보니 제 기억이 틀렸고 아내의 기억이 맞았더군요. 기억을 담당하는 해마의 왜곡 가능성을 허투루 넘겨서는 안 되며, 호언장담도 섣불리 해서는 안 된다는 사실을 10만 원이라는 판돈을 어이없게 날리고서야 깨달았지요. 그 뒤로 인간사에서 해도 되는 호언장담이란 '누구나 언젠가는 죽는다'라는 진리뿐이라 여기게 되었습니다. 공통 한 줄을 봤을 때 그런 경험과 가치관을 승화하기에 딱 걸맞은 이야기라는 예감이 들었습니다. 그래서 이 한 줄을 행복과 불행, 삶과 죽음, 기억과 망각이 한데 뒤얽힌 이야기로 풀어보자고 결심했습니다.

**2. 한 줄을 지금의 이야기로 기획하면서 스스로 가장 재미있다고 느끼셨던 부분은 무엇인가요?**

애초에 제목을 「해마」로 정하고 이야기를 구상하면서 '해마'라는 개념을 세 가지로 나누었습니다. 그래서 제목을 「해마, 해마, 해마」로 바꿀까도 한동안 심사숙고했지요. 첫 번째 해마는 우리 뇌에서 기억을 담당하는 부위이고, 두 번째 해마는 실고깃과의 바닷물고기인데, 둘 다 같은 한자인 '海馬'를 씁니다. 그래서 세 번째 해마로 바다처럼 넓은 세상을 떠도는 초자연적인 존재를 설정했습니다. 그 세 해마가 하나의 이야기 속에서 한데 어우러지고 맞부딪치며, 서서히 드러나는 진실의 실마리로 작용한다는 점이 재미있었습니다.

**3. 원고를 쓰면서 가장 고민하셨던 지점은 어떤 부분인가요?**

주인공 구회영과 안시광 캐릭터입니다. 끈끈한 애착 관계였던 두 캐릭터 사이에 서서히 균열이 생기고, 그 균열이 만들어 낸 의심과 반목 사이로 제3의 존재인 해마가 파고들어 결국 부부 중 누구도 의도하지 않았던 결과에 다다르는데, 그 과정을 각자의 관점에서 설득력 있게 그리기가 쉽지 않았습니다. 인물의 말과 행동 속에 숨은 동기와 의도가 드러났을 때 독자가 고개를 끄덕일 만해야 하는데, 과연 그 숙제를 제대로 풀어냈는지는 이야기를 263

세상에 내놓는 지금도 사실 미지수입니다. 그래서 걱정
반, 기대 반입니다.

## 4. 원고 중 가장 만족하시는 장면은 어떤 대목인가요?

어떤 작품이든 탈고하고 나면 만족스럽기보다는 아쉽
습니다. 「해마」 역시 마찬가지여서 호흡을 좀 더 길게 끌
고 가서 장편으로 갔더라면 더 나은 작품이 되지 않았을
까 하는 미련이 짙게 남습니다. 그나마 쓰면서 즐거웠던
장면은 꼭 한 번쯤 다뤄보고 싶었던 프레골리 증후군과
카그라스 증후군을 이야기에 녹여 낸 초반부였습니다.
"독자의 탄생은 저자의 죽음이라는 대가를 치러야 한다."
라고 롤랑 바르트가 선언했듯 작품을 세상에 내놓고 나
면 작가는 작품의 뒤안길 너머로 사라져야 마땅하며 모
든 감상과 평가의 전권은 독자가 오롯이 누려야 한다고
봅니다. 작가가 자기 원고에서 어떤 장면을 아무리 만족
스러워한다 한들 독자에게 만족스럽지 않다면 무의미한
일이고, 반대로 작가가 아무리 불만족스러워한들 독자가
만족하는 장면이 있다면 그 장면은 독자에게 의미 있는
장면이 될 테니까요. 모쪼록 독자가 가장 만족하는 장면
이 이 소설에도 하나쯤은 있기를 바랄 뿐입니다.

## 5. 상대 장면 가져오기 미션에서 그 부분을 가져오신 이유는 무엇인가요?

그 장면을 읽었을 때 깜짝 놀랐습니다. 낯선 남편과 맞닥뜨린 주인공의 충격과 위화감이 「해마」속 구회영의 심리와 절묘하게 맞아떨어졌기 때문입니다. 그동안 『한국 공포문학 단편선』을 비롯한 단편집에 여러 작가와 단편을 실어본 적은 많지만, 이번처럼 한 권의 중편집에 한 분의 작가님과 1대1로 중편을 실어보기는 난생 처음이었는데 아밀 작가님과의 이번 작업은 장면 가져오기 미션뿐 아니라 여러모로 독특하고 즐거웠습니다. 매드앤미러 프로젝트로 이런 기회를 주신 텍스티에도 이 자리를 빌려 감사의 인사를 전합니다.

## 6. 상대 작가님의 작품을 읽어 보았을 때 어떤 생각을 가지셨나요?

아밀 작가님의 「아름다움에 관한 모든 것」은 외모지상주의와 젠더 이슈를 호러 스릴러 장르에 매끈하게 이식한 작품이라 읽는 내내 흥미진진하고 읽은 뒤의 여운도 짙었습니다. 작가님의 다른 작품도 읽어보고 싶어졌습니다. 이다음 집필 작품도 지지하고 응원하겠습니다.

**7. 끝으로 작품을 읽으신 독자님들께 한 말씀 부탁드립니다.**

작가가 아닌 독자 입장에서 저는 읽기 전의 세상과 읽고 난 뒤의 세상이 달리 보일 만큼 마음을 건드리는 작품을 좋아합니다. 혹시라도 「해마」가 소소하게나마 독자 여러분의 마음에 그런 잔물결을 일으키는 이야기였다면 더 바랄 나위 없겠습니다만, 그 또한 제 영역 밖의 일이니 그저 바람으로만 품겠습니다. 기꺼이 지갑을 열고 시간을 내어 이 이야기를 읽어 주셔서 고맙습니다.

## 같이 읽고 싶은 이야기
# 텍스티(TXTY)

텍스티는

모두가 같이 읽고 싶은 이야기를

만들고 제안합니다.


읽고 나면

주변에서 벌어지는 일에 관심이 생기고

다른 이들과 나누고 싶어지는 이야기를 만들겠습니다.


계속해서

이야기의 새로운 재미를 발견하고

이야기를 통한 공감이 널리 퍼지도록 애쓰겠습니다.


텍스티의 독자라면 누구나

이야기 곁에 있도록 돕겠습니다.

배우자의 죽음에 관하여
매드앤미러 01

| | |
|---|---|
| **초판 1쇄 발행** | 2024년 7월 8일 |
| **초판 2쇄 발행** | 2024년 8월 5일 |
| **지은이** | 아밀 김종일 |
| **기획** | ㈜투유드림 매드클럽 거울 |
| **IP 총괄** | 조민욱 |
| **IP 책임** | 조민욱 |
| **IP 제작** | 김하명 박혜림 |
| **IP 브랜딩** | 홍은혜 유수정 텍수LEE |
| **IP 비즈니스** | 조민욱 김하명 |
| **경영지원** | 박영현 김미성 손혜림 |
| **교정·교열** | 그리너리케이브 |
| **디자인** | 최희영 |
| **북 음** | 금비피앤피 |
| **인쇄** | 문화유통북스 |
| **배본** | |
| | 유태근 |
| **발행인** | ㈜투유드림 |
| **발행처** | 제2021-000064호 |
| **출판등록** | (02810) 서울특별시 성북구 종암로13길 16-10 |
| **주소** | 02-3789-8907 |
| **대표전화** | txty42text@gmail.com |
| **이메일** | @txty_is_text |
| **인스타그램** | https://www.toyoudream.com |
| **홈페이지** | 979-11-93190-13-5(03810) |
| **ISBN** | 14,000원 |
| **정가** | |